edition suhrkamp 2097

Die Nachricht, daß es dem Bruder schlechtgehe, erreicht die Ich-Erzählerin per Telefon. Vor langem schon ist sie der dörflichen Enge ihres österreichischen Geburtsortes entflohen und lebt jetzt mit ihrem Mann in Süddeutschland. Die Sorgen der Zuhausegebliebenen sind nicht die ihren. Schnell meint sie aus den Symptomen, die die Mutter aufzählt, zu erkennen, daß all die Hoffnungen, denen sich der Kranke selbst und die Familie hingeben, Illusionen sind. Das Unabänderbare muß hingenommen werden, sagt sie sich, kein Grund, berufliche Verpflichtungen oder gar Urlaub aufzugeben. Aber soviel sich die Schwester auch darüber zu täuschen sucht, sie kann sich dem Wunsch, den Verwandten und besonders dem Bruder beizustehen, nicht entziehen. Als sie endlich die Reise antritt, wird klar, daß alle Rationalität nur eine Flucht war. Der Versuch, eine Sprache zu finden für die existentiellen Fragen, um sich mit den Nächsten über die kreatürlichen Dinge zu verständigen, läßt sie in Verhaltensmuster geraten, die sie selbst kaum steuern kann.
Nach »Wilma« (es 1890; 1994) ist »Hinüber« das zweite Buch von Evelyn Grill im Suhrkamp Verlag.

Evelyn Grill
Hinüber

Erzählung

Suhrkamp

edition suhrkamp 2097
Erste Auflage 1999

Erstausgabe

Satz: Jung Satzcentrum, Lahnau
Druck: Nomos Verlagsgesellschaft, Baden-Baden
Umschlag gestaltet nach einem Konzept von
Willy Fleckhaus: Rolf Staudt
Printed in Germany

1 2 3 4 5 6 – 04 03 02 01 00 99

Hinüber

1

Ich erfahre alles über das Telefon.

Meinem Bruder sind die Zähne gezogen worden. Die Stimme meiner Mutter klingt erleichtert. Er habe den Zahnarzt gefragt, wie viele heraus müßten. Der Dentist wollte alle. Oben und unten? Oben und unten, Herr Zirnsack. Die Eiterherde an den Wurzeln vergiften Ihren Körper. Mein Bruder hatte schon viele Geschichten erzählt bekommen, die sich mit kranken Zähnen beschäftigten, ein eitriges Gebiß konnte lahm und blind machen. Sind die Zähne gezogen, ist der Mensch gesund.

Auch meine Mutter glaubt daran. Jetzt wird alles wieder gut, sagt sie.

Am Anfang waren nur die Schmerzen im Kreuz, aber die rund um die Uhr und tagtäglich, wie Willi uns und die Ärzte wissen ließ. Ihre Helfer massierten seine Wirbelsäule, bestrahlten seinen Rücken und wiesen ihn an zu turnen. Er versuchte es mit Bodengymnastik. Blindlings gehorchte er den Medizinern. Sie schoben ihn von einer Abteilung in die andere, er nahm alle Reisen anstandslos auf sich, auch die in den Tomographen, ließ sich den Bauch aufpumpen zu einem Ballon. Da entstand ein neuer Schmerz, der dem alten für kurze Zeit Konkurrenz machte. Dann gab es wieder nur den vertrauten. Sie untersuchten alles. Sie hatten nichts undurchleuchtet gelassen.

Sie bekommen ein schönes neues Gebiß, damit werden Sie Ihre Freude haben, habe der Zahnarzt gesagt. Ein neues Gebiß läßt Sie noch jünger aussehen und besser zubeißen. Das überzeugte meinen Bruder, erst recht meine Mutter.

Er ist eine Koryphäe, bestätigt Pia, Willis Lebensgefährtin, ich kenne seine Arbeiten, seine Sprechstundenhilfe ist meine Freundin. Alle auf einmal, habe mein Bruder verlangt. Wie meinen Sie? Alle auf einmal. Jetzt übertreiben Sie Ihre Courage, Herr Zirnsack, acht heute und in einer Woche abermals acht. Das ist ein Kompromiß, den Sie eingehen könnten! Alle auf einmal, habe mein Bruder wiederholt.

Ich konnte Willi nicht davon abbringen, erzählt Pia. Der Doktor habe den Kopf geschüttelt und andeutungsweise die Hände gerungen. Später habe Willi zu schreien begonnen. Er verlangte eine Vollnarkose und alle Zähne auf einmal gezogen. Der Zahnarzt erklärte ihm, daß er keine Narkose geben dürfe, er sei dafür nicht ausgerüstet. Spritzen, soll mein Bruder gesagt haben, jagen Sie mir nur genügend Spritzen in den Arsch. In den Mund, antwortete der Arzt, in den Kiefer, oben und unten. In Ordnung, soll mein Bruder gesagt haben, Pia sei den Tränen nahe gewesen. Willi mußte einen Revers unterschreiben, daß ihn der Zahnarzt auf die Risiken hingewiesen habe. Und danach gab er seiner Assistentin Anweisungen. Willi sperrte den Mund auf.

Geduld, Geduld, Herr Zirnsack. Da habe mein Bruder den Mund wieder geschlossen. Er sei auf dem Behandlungsstuhl gesessen und habe gegen die Decke gestarrt. Endlich sei der Arzt soweit gewesen, er habe Pia gebeten, im Wartezimmer Platz zu nehmen. Sie wollte Willi nicht verlassen, aber der Arzt habe sie energisch hinauskomplimentiert. Im Wartezimmer zählte Pia die Pferdeköpfe an den Wänden des Arztes, eines Hobbymalers. Sie habe sich von den Köpfen umzingelt gefühlt. Durch den in kräftigen Farben gehaltenen Hintergrund bekamen die Pferdeköpfe etwas Individuelles. Sie habe sich dann über die Bedeutung des Hintergrunds Gedanken gemacht, da sei ihr Willi in den Sinn gekommen, wie er auf dem grauen Zahnarztstuhl gesessen sei, den Kopf auf eine weiße, wie Seidenpapier knisternde Unterlage gebettet, so daß seine in letzter Zeit graugelbe Gesichtsfarbe auf dem Weiß wie ein Gesicht aus der Sommerfrische ausgesehen habe. Die ganze Zeit sei kein Ton hinter der Tür, auf der mit schwarzen Lettern *Praxis* stand, zu vernehmen gewesen. Der Zahnarzt und seine Gehilfin hätten Überstunden machen müssen.

Ich weiß, daß Willi seit Jahren selbst die heftigsten Zahnschmerzen nur mit Aspirin und Schnaps bekämpfte. Von den sechzehn Zähnen, die der Zahnarzt aus dem Kiefer des Patienten entfernen wollte, seien die meisten nur noch Stummel gewesen, die in braunen Kegeln aus dem Zahnfleisch ragten, läßt Pia mich wissen. Pia, die vor kurzem ein Seminar für positives Denken besucht hat, redet sich ein, Willis Kreuzschmerzen seien vielleicht als eine List seines Körpers zu deuten, um ihn auf diesem Umweg in die Hände des Zahnarzts zu zwingen ... ihr ist es offenbar gelungen, sich in eine Zuversicht hineinzusteigern; die Pferdeköpfe hätten sie am Schluß sogar alle angelächelt. Völlig unvermittelt aber sei schließlich die Tür zur Praxis aufgegangen, und im Türrahmen erschienen drei Gestalten wie eine Gruppe aus einem Guckkastenkino. Willi hing zwischen der Sprechstundenhilfe und dem Arzt. Auf den weißen Kitteln der beiden seien Blutspritzer zu sehen gewesen. Sein Gesicht war angeschwollen und bis zu den Augen hinauf blutverschmiert. Sogar Willis Hose habe etwas abbekommen, sagt Lizzi, meine Schwester, die uns die ganze Zeit zugehört haben mußte und plötzlich am Hörer ist. Es sei in der Tat höchste Zeit gewesen, höre ich wieder Pia, der Arzt habe bestätigt, daß alle Wurzeln von Granulomen besetzt gewesen seien. Der Patient müsse zwei Stunden die Wattetampons zwischen den Kiefern gepreßt halten. Pia habe Willis Blick gesucht, aber die Pupillen seien zur Hälfte unter seine Lider gerutscht gewesen, so daß nur noch das Weiße herausgeschaut habe. Der Zahnarzt, die Assistentin und sie selbst haben meinen Bruder dann ins Auto gepackt. Pia habe ihn nach Hause gefahren, aus dem Auto gezerrt, den Wankenden zu Bett gebracht, wo er sofort die Augen ganz geschlossen habe und wahrscheinlich eingeschlafen sei. Sie sei dann in die Kanzlei gefahren. Zwischen zwei Diktaten habe sie ihrem Chef die Geschichte erzählt; der habe Willis Haltung bewundert. Als sie dann zwei Stunden später wieder nach Hause kam, schien mein Bruder noch zu schlafen, doch dann habe es um seine Lider gezuckt, sie meinte, er wolle die Augen aufmachen, es öffnete sich aber nur ein schmaler Schlitz, weil sein Gesicht total angeschwollen gewesen sei, eigentlich sei er beinahe unkenntlich gewesen. Da habe sie ihre Cousine, die Hanna, eine gelernte Krankenschwester, angerufen, die sei sofort gekommen und habe zuerst *Jessasmaria* ausgerufen und dann nach Eisbeuteln verlangt. Währenddessen sei auch unsere Mutter ans Krankenbett gekommen. Sie selbst habe ja wieder in die Kanzlei gemußt, aber Mutter und Hanna seien bei ihm geblieben. Eine Weile seien sie alle miteinander an Willis Bett gesessen, er habe aber gar nicht reagiert, sondern nur gewimmert. So leise, daß es Mutter, die schon etwas schwerhörig ist, nicht hören konnte.

Ob alles so gewesen ist? Aber soviel ist richtig, die Zähne fehlen dem Bruder. Die Kreuzschmerzen sind ihm geblieben.

2

Weil mein Reisepaß verlängert werden muß, habe ich in der Nähe seines Wohnortes zu tun, der auch mein Geburtsort ist. Eine gute Gelegenheit, meinen Bruder zu besuchen, der nun in der Neurologischen Klinik der Landeshauptstadt kuriert werden soll. Zwischen diese Stadt und mich habe ich im Laufe der Jahre siebenhundert Kilometer gelegt.

Er zieht seine Lippen breit auseinander, zeigt mir seine neuen Zähne, sie sehen aus, als wären sie aus Holz geschnitzt, weiß lackiert, und begännen beim Reden zu klappern. Ich bewundere das Gebiß, er grinst so breit, daß ich sogar die künstlichen Backenzähne betrachten und die Arbeit des Kieferorthopäden bewundern und würdigen kann: Makellos.

Er sitzt auf seinem Krankenbett in dem großen, hellen Spitalszimmer, das noch sechs andere Patienten beherbergt, und nickt. Wie kommst du mit den Zähnen zurecht? Sie tun mir noch weh, aber das ist wohl wie bei neuen Schuhen, an die man sich erst gewöhnen muß. Ich will es schon aushalten. Er erzählt von Infusionen, die ihm in die Venen getropft wurden und von denen ihm ganz heiß werde. Er habe sie gut vertragen, doch seinem Nachbarn sei von den gleichen schlechtgeworden, und der habe vom Tropf genommen werden müssen. Er erwähnt seine Wirbelsäule, sie sei verkrümmt, eine Bandscheibe wahrscheinlich eingeklemmt. Jeden Tag müsse er zum Turnen, angeblich könne er in wenigen Tagen wieder entlassen werden. Und die Schmerzen? Er winkt ab und starrt auf die Bettdecke: Abends nehme er etwas dagegen, dann schlafe er ein paar Stunden, manchmal wache er aber schon um zwei Uhr wieder auf, und dann sei es mit dem Schlaf vorbei. Das Kreuz? Ja, das Kreuz, die Schmerzen strahlen nun schon in den Bauch aus. Mein Nachbar wird nächste Woche an der Bandscheibe operiert. Das sind ja alles Kapazitäten hier, Neurochirurgen, die verstehen ihr Handwerk. Ich würde mich sofort aufschneiden lassen, sagt er. Ich habe ihm eine Flasche mit einem vitaminreichen Saft mitgebracht, aber er hat keinen Appetit. Natürlich, sage ich, das ist ja ganz natürlich. Ich überbringe Grüße von gemeinsamen Bekannten. Was fällt mir noch ein? Unsere Kindheit? *Brüderlein und Schwesterlein.* Ich gehe nicht weg von hier, sagt er, mit diesen Schmerzen gehe ich nicht nach Hause. Gewiß, sage ich, kein Arzt wird dich mit deinen Schmerzen heimschicken. Sie müssen etwas mit mir tun. Ich verlange vom Oberarzt, daß er mich endlich operiert. Das wird alles gut ohne Operation, sage ich auf gut Glück. Das dauert eben. Er senkt den Kopf.

Willi ist in guten Händen, erzähle ich eine Stunde später Mutter, die ich vor meiner Abreise noch besuche. Die Ärzte tun alles. Er muß Geduld haben. Meine Mutter seufzt und knüllt ein Tuch in ihrer Faust, damit wischt sie über den Tisch und über ihr Gesicht. Ich weiß nicht, sagt sie, ich weiß nicht. Iß etwas. Was möchtest du essen? Oder einen Kaffee? Ich habe einen Apfelstrudel gebacken. Oder möchtest du ein Schnitzel? Vielleicht Würstel? Frische Semmeln? Ich schüttele den Kopf. Ich muß gehen, sage ich. Du könntest bleiben, sagt meine Mutter, über Nacht bleiben. Es ist ja schon finster. Wohin willst du noch mitten in der Nacht? Ich mache dir ein Bett. Ich stecke dir das Heizleintuch an. Da hast dus schön warm. Ich kann nicht, sage ich. Bleib, sagt sie, bleib doch! Bei deinem Vater hats auch im Kreuz angefangen. Jeden hats heute im Kreuz, antworte ich leichthin, das ist die ungesunde Lebensweise. Ich bin schon alt, sagt sie, warum trifft es nicht mich? Gleich würde sie zu weinen beginnen, ich sehe ihre Lippen, sie zucken; und mit der Faust, in der sie noch immer ein Tuch knüllt, fährt sie sich an die Nase. Ich tue, als verstünde ich sie nicht, spüre, wie ich ärgerlich werde. Schließlich seufze ich und gebe nach: Ich bleibe, du hast recht, es hat keinen Sinn, in die Finsternis hineinzufahren.

Ich bin müde, sagt meine Mutter. Es ist spät, antworte ich. Wir gehen zu Bett. Wir sollten rasch einschlafen, denke ich. Dann erwachen wir am nächsten Morgen frohgemut. In der Nacht höre ich meine Mutter seufzen. Ich bin hellwach und stelle mich taub. Die Matratze ist durchgelegen, verspannte Schultern werden mich morgen quälen. Ich will weg von hier. Ich lege wieder Hunderte von Kilometern zwischen euch und mich. Über Telefon werde ich mir eure Stöße in die Magengrube verpassen lassen. Die Entfernung ist mein Watteschild. Ich habe in der Zeitung ein gutes Horoskop für Willi gefunden, das könnte ich Mama beim Frühstück vorlesen, ich habe es noch im Kopf. Ja, ja, seufzt sie. Und hat mir gar nicht zugehört. Du fährst schon weg? Wann kommst du wieder? Rufst du an? Wann bist du zu Hause? Hast du genug Benzin? Möchtest du noch Speck mitnehmen und Honig?

Es riecht nach Frühling, aber es ist November. Ich stelle mir vor, daß ich nach Jahren, wenn ich mich dieses Tages erinnern sollte, nicht mehr sagen könnte, in welcher Jahreszeit ich meine Rückreise angetreten hatte. Vorfrühling oder Spätherbst. Ich starte das Auto, meine Mutter lehnt aus dem Fenster und nickt und wischt mit dem Tuch über die Brüstung. Ich winke, hupe, fahre los, erblicke sie noch einmal im Rückspiegel, da wischt sie sich mit dem Tuch über das Gesicht.

3

Ich fahre auf der Autobahn und habe keinen Blick zurück.

M. hat mich erwartet. Wir sitzen am gedeckten Tisch, sogar an Blumen hatte er gedacht. Ich erzähle. Meine Befürchtungen kommen mir ganz glatt über die Lippen, mein Bruder ist todkrank. Er will den Namen der Krankheit wissen; ich schüttele den Kopf, da ist der Bruder weit weg, der Tod eine Schimäre.

Morgen fahren wir wieder weg, da vergißt du deine schwarzen Gedanken, sagt er. Ich packe aus, ich packe ein. Schon morgen geht es weiter, er hat es gut organisiert. Wer könnte es hier lange aushalten? Zwar kommen wir zurück, aber nur, um wieder fortgehen zu können.

Das ist ein milder November. Blasse, dünne Rauchwölkchen steigen aus den Schornsteinen der weitverstreuten Höfe. Die Felder sind braun, doch die Wiesen nicht grau, sondern noch schilfgrün. Das Jahr hält sich gut, es will nicht alt werden. Wir sitzen in der Sonne an der Hausmauer, später treten wir vors Haus, hinter der Hecke hervor, steigen den kleinen Hügel hinauf, denn von hier sehen wir die Schweizer Alpen. Es ist eine Föhnlage. Die Schweizer Alpen sind nicht immer zu sehen. Manchmal glühen sie; dann staunen wir lange hinüber. Wir gehen ins Haus zurück, da ist es dunkel, durch die kleinen Fenster dringt wenig Licht. Wir sehen nur noch uns.

In diesen Tagen klingelt das Telefon kein einziges Mal. Ein paar Tage keine Störung von außen, das genießen wir. Doch schon nach einer Woche würden wir uns in dieser Stille vergessen vorkommen; unruhig werden und an der Wählscheibe drehen. Die Verwandten schweigen. Mein Bruder auf dem Weg der Besserung? Später, zurück in der Stadt, erfahren wir freilich einen anderen Grund für die telefonische Stille: unsere Klingel war defekt gewesen.

Das ist unser Empfang: Wo wart ihr alle die Tage, ich habe mir die Finger wund telefoniert; es hob niemand ab. Was gibt es denn um Gottes willen? Erschrocken, was gab es denn? Der Willi. Sie haben seine Todeskrankheit entdeckt, denke ich, die Ärzte haben es Mama mitgeteilt mit der nötigen Schonung oder Schönung. Der Willi ist aus der Neurologischen Klinik entlassen worden. Mit seinen Schmerzen, stell dir vor! Die Ärzte haben nichts gefunden. Er muß nun weiterturnen. Und eine Überweisung zum Urologen hat er. Morgen ist der Termin.

Fünfzehn war ich, als ich zum ersten Mal wegen meines Bruders weinte. Bis zu diesem Zeitpunkt hatte ich immer geglaubt, daß er mir gleichgültig wäre. Daß ich ihn eigentlich nicht mochte. Immer drängte er sich vor mit seinem blonden Lockenkopf und in die Herzen der

Onkel und Tanten; schmeichelte sich ein bei Mutter und Vater, der nun freilich längst tot war. Ich sehe mich noch auf dem Hocker in der Küche neben meiner Schwester sitzen, als uns die Mutter die Nachricht brachte. Wir wollten ins Kino. Mama kam vom Bahnhof, Willi hatte plötzlich hohes Fieber und rasende Kopfschmerzen bekommen, das wußten wir schon. Nun aber war meine Mutter bleich nach Hause gekommen. Sie sagte: Der Willi ist im Krankenhaus in Wels und in Quarantäne, wir dürfen nicht zu ihm, ihn sehen nur durch ein Fenster wahrscheinlich, und wie es ausgeht, weiß man nicht. Es ist eine Epidemie. Die Kinderlähmung geht um.

Er hatte sie aus Kärnten mitgebracht, von seinem Ferienlager am Faakersee, wo es ihm so gefallen hatte, ganz braungebrannt war er zurückgekommen und zugenommen hatte er gehabt, nicht mehr so spindeldürr ist er gewesen. Da hatte ich plötzlich zu weinen begonnen, das ging wie auf Knopfdruck. Die Mutter strich mir leicht über den Kopf und sagte: Mußt nicht weinen, und hatte selbst Tränen in der Stimme. Wir waren eine Familie, Mutter, Schwester, Bruder und ich, der Vater tot. Wir hatten etwas Gemeinsames, die Sorge. Die ging nur uns drei wirklich etwas an; aber den Vater dachte ich mir dazu.

Warum zum Urologen? fragt meine Mutter. Was soll ich dazu sagen? Wegen Bandscheiben und Wirbelsäule zum Urologen? bohrt sie weiter. Wer schickt ihn denn? will ich wissen. Die Neurologie schickt ihn, das sind ja alles Ignoranten dort; meine Mutter ist den Tränen nahe. Er muß halt Geduld haben, antworte ich, um sie zu beruhigen, das sind Nervenschmerzen, das kann Monate gehen. Er ist ganz grau im Gesicht, flüstert sie. Das bildest du dir ein, vor zwei Wochen sah er noch ganz frisch aus, außerdem hat jeder einmal eine schlechte Gesichtsfarbe. Nein, eigentlich gelb, gelb hat er gestern ausgesehen. Da ist er zu mir gekommen, hat er sich heraufgeschleppt zu mir in den zweiten Stock, da hab ich an deinen Papa denken müssen, bevor er gestorben ist, der hat auch die Stufen fast nicht mehr geschafft. Geschnauft hat er, der Willi, und hinsetzen hat er sich müssen, und die eine Hand hat er auf dem Kreuz gehabt und die andere auf dem Bauch, und dann hat er mich angeschaut, und ich habe gesagt, na, willst' was essen, ein Paar Frankfurter hätt ich oder einen kalten Braten, da hat er mit der Hand eine Bewegung gemacht, als wollt er sagen: wozu?, aber dann hab ich gefragt: oder was trinken? ein Bier? Das hat er doch immer so gern gehabt. Da hat er genickt, ja, in Gottes Namen, ein Bier. Ich hab es ihm hingestellt, und weißt', was er getrunken hat? Einen Fingerhutvoll, einen einzigen Schluck, und dann hat er es weggeschoben von sich und gesagt: mir graust. Das ist ja klar, fahre ich dazwischen, er darf doch keinen Alkohol trinken, wenn er die vielen Medikamente nimmt gegen die Schmerzen. Aber die Mutter hört mir nicht zu, und dann hat er gesagt und mich angeschaut, daß es mir das Herz umgedreht hat, ich bin gar nichts mehr wert, hat er gesagt, jedes Lüfterl könnt mich umblasen. Er war beim Uhrmacher gewesen, hat sich ein Uhrband gekauft, das hat er mir gezeigt, und es war ein ziemlicher Wind draußen, na geh, hab ich gesagt, iß halt was. Dann hat er nichts mehr gesagt. Ich hab ihn noch gefragt wegen der Pia, wie's ihr geht und so, und er hat nur mehr ja und nein gesagt, und dann ist er gegangen. Und morgen muß er zum Urologen. Er hat schon Angst, daß er dort wieder stundenlang warten muß, weil er doch solche Schmerzen hat und es im Sitzen nicht lang aushält. Er sagt, er fühlt sich so schwach. Und wenn ich dann sag, iß halt was, dann wird er fast bös, laß mich in Ruh, wenn ich nichts mag. Er war ja nie ein großer Esser, sage ich. Ja, wie ein Vogerl hat er immer gegessen, aber jetzt noch weniger, und das ist zu wenig, da geht man ja ein. Das kommt alles von den Schmerzen und den Tabletten, sage ich. Ach, wenn du ihn gesehen hättest, er hat ja schon fünf Kilo abgenommen, und was soll denn der Urologe bei ihm finden, er sagt, da hat er nichts, da tut ihm ja nichts weh.

Obwohl es längst nichts mehr zu sagen oder zu erklären gibt, können wir doch nicht voneinander lassen und wärmen nur immer wieder auf, was wir über ihn wissen, was wir glauben, was wir hoffen, bis wir unsere Beruhigungen selbst glauben und das Gespräch beenden können. Ich lege den Hörer auf und will rasch vergessen. Aber M. will alles wissen, genau und haarklein; du hast ja schließlich so lange gesprochen, das kann doch nicht alles gewesen sein, eine Dreiviertelstunde telefoniert und in drei Sätzen alles zusammengefaßt? Vergiß nicht, sage ich zu ihm, wir müssen zu einer Dichterlesung heute abend, du willst einen Bericht darüber schreiben, wir sollten uns fertig machen. Muß ich mich umziehen?

Eine Krawatte und ein weißes Hemd? Das fragt er immer. Er will von mir hören, daß es nicht nötig sei. Aber ich brauche noch eine Weile vor dem Spiegel mit Lidschatten, Lippenstift und Kamm.

Die Schriftstellerin kommt aus der ehemaligen DDR und ist berühmt. Der Vortragssaal des Rathauses ist übervoll. Freunde winken uns, sie haben uns zwei Plätze aufgehoben. Wie geht es Euch, werden wir flüsternd gefragt; da wäre ich statt in eine Antwort beinahe in Tränen ausgebrochen, das Telefongespräch mit meiner Mutter wieder wach, aber M. hat die richtigen Floskeln zur Hand, und die Freunde sind beruhigt. Dann tuscheln wir über die Schriftstellerin und über die Angriffe aus dem Westen, die wir ungerecht finden. Wir freuen uns, daß ihr so viele Menschen zuhören wollen. Der ganze Saal ist voll Erwartung. Die Schriftstellerin beginnt zu lesen. Die Zuhörer applaudieren. Sie möchte zum Abschluß noch etwas bringen, einen heiteren Text. Ich bin nicht mehr in Stimmung. M. macht sich Notizen. Der Beifall ist stürmisch. Die Lesung hat mich immerhin abgelenkt. Beim *gemütlichen Zusammensein* gäbe es noch Gelegenheit zu einem Gespräch. Ich nutze es nicht, wir trinken ein Glas Wein und reden von anderem. Die Schriftstellerin gibt Autogramme. Ich möchte zum Lachen gebracht werden. Doch dazu scheint heute niemand bereit. Unsere Freunde haben ein Problem. Die zwölfjährige Tochter hat einen Deutschlehrer, der ihr aufsitzt. Sie will nicht mehr in die Schule gehen, sie leidet an Bauch- und Kopfschmerzen. Der Lehrer heißt

Mayer. Das erklärt nichts. Wir wissen keinen Rat. Ich denke mir, das sind Probleme, die manche brauchen, um ihr Gefühl vom Lebendigsein nicht zu verlieren. Das Ehepaar, mit dem wir uns duzen, ist plötzlich gereizt. Was habe ich gesagt? Ich habe geschwiegen. Nicht zugehört? Die Eltern des Sorgenkindes wenden sich von mir ab; ich habe das Gefühl, als ob plötzlich ein Schatten über mein Gesicht husche. Wir reden nun von Müdigkeit und dem nächsten Tag. Draußen die Nacht; auf dem Weg zum geparkten Auto friert mich. Ich stelle die Heizung an, sagt M., gleich wird es warm. Bis wir zu Hause anlangen, bin ich schon durchwärmt und gleichgültiger gegenüber allem. Die fünf Schritte ins Haus unter dem kalten Vollmond lassen mich wieder schlottern, doch drinnen ist es warm. Das Telefon schweigt. Wer hindert mich, tief und lange zu schlafen?

4

Damals, als Willi in Quarantäne lag, war er hinter einer großen Glasscheibe zu besichtigen. Wir standen auf einer Galerie im Freien und winkten ihm zu. Es ging ihm schon besser, er würde wieder laufen können, anders als sein Bettnachbar, ein Bauernsohn, den es an beiden Beinen erwischt hatte, der würde gelähmt bleiben, für lange, vielleicht für immer. Das ging aus den pantomimischen Verrenkungen und den Wortfetzen hervor, mit denen sich Willi mit uns verständigte. Der kranke Bettnachbar war für kurze Zeit aus dem Zimmer gefahren worden. Zu einer Untersuchung, vermutete mein Bruder. Er bekomme keinen Besuch von daheim, weil alle auf dem Feld arbeiten müssen. Der Kranke fehle auf dem Hof, jetzt werde jede Hand gebraucht und ausgerechnet jetzt ... Das fiel mir schon damals auf, daß Krankenhauspatienten am liebsten von den anderen erzählen. Nichts beruhigt sie selbst und die Angehörigen mehr, als der schlechte Zustand anderer. Über sich selbst wußte Willi nicht viel zu berichten. Kein Fieber mehr, keine Kopfschmerzen, er könne beide Beine bewegen, im übrigen müsse man abwarten, habe ihm die Schwester Elfi gesagt, die mit den roten Haaren, die sei so nett zu ihm, abwarten müsse man, und Geduld haben, jetzt könne noch niemand sagen, ob ihm etwas zurückbleibe. Wir durften Obst und Fruchtsäfte für ihn bei der Schwester abgeben.

In den Wochen, in denen Willi im Krankenhaus bleiben mußte, wuchsen ihm die Haare, Locken umgaben sein Gesicht, ringelten sich im Nacken, das war damals noch nicht Mode, und wir lachten darüber auf unserer Galerie vor dem Fenster, ich neidisch mit meinem dünnen, glatten Haar; das war ja ein Luxus bei einem Jungen, ihm wuchsen Locken über Locken; er sah aus wie ein Botticelli-Engel und zum Verlieben, das fand meine Freundin, ich nicht. Dann lernte er wieder zu gehen, er humpelte, zwischen zwei Krücken hängend, hinter dem Glas vor uns herum; der Bauernsohn, der noch immer kein Gefühl in seinen Beinen hatte, lächelte auch, da sah man seinen Goldzahn im Oberkiefer.

Wie lange hatte Willi damals im Krankenhaus bleiben müssen, sechs oder acht Wochen, oder mehr? Meine Mutter würde es wissen, ich könnte sie fragen. Jedenfalls war er vor Weihnachten wieder zu Hause, ich sehe ihn noch in der herbstlichen Allee zwischen den schwarzfeuchten Blättern auf den Stock gestützt mir entgegenkommen. Wir trafen uns zufällig, ich kam von da und er von dort, ich erinnere mich nicht mehr, woher oder wohin wir unterwegs waren, aber daran, daß er sich zum heimlichen Kummer meiner Mutter immer noch nicht die Haare hatte schneiden lassen und großes Aufsehen erregte mit seinen langen Locken, die ihn wie ein Mädchen ausschauen ließen. Das irritierte auch die Dorfbewohner. Immerhin verziehen sie ihm diese Extravaganzen wegen seiner Krankheit und weil er am Stock gehen mußte und noch so jung war.

Im Jänner endlich, zu ihrem Geburtstag, machte er

unserer Mutter seine Locken zum Geschenk. Sie war gerührt; die Krankheit schien nun überstanden, auch der Stock hatte ausgedient. Er hinkte nicht mehr, obwohl der Orthopäde festgestellt hatte, daß das erkrankte Bein um zwei Zentimeter kürzer bleiben würde. Schließlich schickte man ihn zur Rehabilitation für vier Wochen in eine Kurklinik nach Baden bei Wien. Dort sollte das schwächere Bein gekräftigt werden; er mußte viel schwimmen, obwohl er das nie gemocht hatte. Er war schon als Kind wasserscheu gewesen.

Als er zurückkam, schien er vollständig wiederhergestellt; irgendwie erwachsener geworden. Erfahrener? Er erzählte uns, meiner Freundin und mir, von seinen ersten Räuschen; er hatte dort Freunde gewonnen, die hatten ihm zu solchen Abenteuern verholfen, auch das Rauchen hatten sie ihm beigebracht. Da sah ich mich von meinem jüngeren Bruder überholt, er war plötzlich der ältere und hatte das Sagen. Dann flatterten Briefe ins Haus, die kamen von Helga oder Anni, von Mitzi und Gertraud. Du bist ja ein Casanova, sagte die Mutter, errötete und lächelte. Ich hatte noch nie einen Liebesbrief bekommen. Willi ließ mich an seiner Korrespondenz teilnehmen. Ich durfte sie lesen und beantworten. Da hatte ich zu tun und mein Amusement. Auch eine kleine Traurigkeit, die ich mir aber nicht eingestand. Willi war wieder der Mittelpunkt und ich am Rand, aber immerhin wurde ich erwähnt: als Briefschreiberin. Briefe schreiben, das könne ich. Und es wurde furchtbar gelacht über die pubertären Episteln (auch über mich?) im Kreise der Tanten und Onkel, die uns besuchten. Aber der Held, der bewunderte, der Teufelskerl, blieb Willi. Er hatte fast keinen Schaden genommen durch diese schreckliche Krankheit, nur daß sich an einem Bein an der Innenseite ein Krampfadernknoten bildete, knollig und faustgroß. Das war seine lebenslange Scham, die er unter Gummibinden verbarg. Nie mehr sah man ihn in kurzen Hosen, und auch das Schwimmen, das ihm die Ärzte nachdrücklich angeraten hatten, unterließ er bald.

5

An meinem Geburtstag schleicht sich M. am Morgen aus dem Bett; wie immer tue ich, als merke ich nichts. Später kann ich dann sein frühmorgendliches Werk bewundern: einen Strauß mit gelben Rosen auf dem Tisch im Wohnzimmer und daneben die Päckchen. Außerdem lädt er mich zum Essen ein. Wir gehen in das gemütliche Speiserestaurant, in dem uns der Wirt kennt und freundlich begrüßt. Wir nehmen Platz am reservierten Tisch in der Ecke. Unter der niedrigen holzgetäfelten Decke mit den dunklen Balken spüre ich meine Vergänglichkeit und möchte mit den zweihundert Jahre alten Holzbalken tauschen. Der Wirt ist kein gewöhnlicher, er hat schon den Schah von Persien bedient, und die Bundespräsidenten Scheel und Heinemann haben bei ihm gespeist. Wir wissen es zu schätzen, wenn er persönlich die Kerze an unserem Tisch entzündet und uns Kalbsnierenbraten empfiehlt. Wir wählen aus, wir bestellen, wir speisen, wir sehen einander in die Augen. Ich wollte gerne jemandem Dank sagen für diese Augenblicke. Vielleicht ist wenigstens der Kalbsnierenbraten versalzen. Das Opfer böte ich den Göttern an. Der Wirt nimmt unser Lob mit einer Verbeugung entgegen. Später bringt er uns noch an die Tür, wir versprechen wiederzukommen. Es ist eine kalte Mondnacht. Der Weg in unsere Wohnung ist nicht weit; dort ist es warm. Ich lege meine Halskette in die Schatulle, meinen Ring in das Kästchen, hänge die Kleidung in den Schrank und wische mir die Schminke aus dem Gesicht. Es ist schon spät. Das Telefon klingelt nicht.

Ich höre Radio. Auf dem Balkan ist Krieg. Die Opfer läßt man zu Wort kommen, aber sie schweigen. Ein Mann, der wissenschaftlich und therapeutisch vor Ort arbeitet, berichtet: Ich unterteile die vergewaltigten Frauen in zwei Hauptgruppen: 1. Bei der Vergewaltigung ums Leben gekommene Frauen. 2. Vergewaltigte, aber mit dem Leben davongekommene Frauen. Letztere teile ich nochmals in drei Untergruppen: 2.1. Vergewaltigte und geschwängerte Frauen ohne Abtreibung, 2.2. Vergewaltigte und geschwängerte mit Abtreibung, 2.3. Vergewaltigte aber ungeschwängerte Frauen. Die gelte es zu zählen und in Prozenten auszudrücken. Die Daten seien wichtig für später, damit man gerichtlich gegen die Täter vorgehen könne. Ich begreife nichts. Es ist Krieg, der besteht aus Waffenstillständen. Sie fordern die meisten Opfer; die zeigt man uns im Fernsehen. Rote Teppiche werden vor unseren Augen aufgerollt und runde Tische gebildet. Man tagt. Doch hinter unseren Rücken wird geschossen und bersten Granaten. Meine Mutter ruft an. Dem Urologen hat mein Bruder gar nicht gefallen. Hat er etwas gefunden bei ihm? Nein, alles in Ordnung, habe er gesagt, er könne nichts finden, aber trotzdem habe ihm der Willi nicht gefallen. Er hat ihn wieder ins Krankenhaus geschickt, diesmal auf die Interne, erzählt meine Mutter. Das ist gut, sage ich, da bekommt er endlich die richtige Behandlung. Behandlung, Behandlung, gar keine Behandlung, seufzt meine Mutter, jetzt fangen sie wieder mit den Untersuchungen an. Was die alles mit einem anstellen, mit ihren Schläuchen und Sonden und Drähten, die sie einem in den Leib rennen. Und das Zeugs, das sie einen trinken lassen oder in die Adern spritzen. Hauptsache, es hilft, sage ich. Ich hab dem Willi ein Heizkissen gekauft. Weil es ihn immer so friert. Das drückt er sich jetzt ins Kreuz. Es wird noch alles recht werden, sage ich. Er hat mich weggeschickt, meine Mutter schluchzt ins Telefon. Daß ich ihn nicht mehr besuchen darf, wenn ich immer flenne. Lachen soll ich, hat er verlangt, lach für mich, hat er gesagt und sich umgedreht und mich nicht mehr angeschaut. Mußt dich halt zusammennehmen, sage ich leise. Zusammennehmen, ja, sagt meine Mutter, zusammennehmen. Ich muß ihr nun gestehen, daß wir schon wieder verreisen. Für eine Woche, sage ich, in die Schweiz. Dort will M. für eine Artikelserie recherchieren und ich soll die Aufnahmen dazu machen. Näheres will sie nicht wissen, wohin in die Schweiz, fällt ihr nicht ein zu fragen. Es ist für sie gleichgültig. Das einzige, was zählt ist, daß ich für sie eine Woche unerreichbar sein werde. Sie telefoniert nicht ins Ausland, das ist ihr unheimlich. Die einzigen Auslandsgespräche, die sie zu führen wagt, sind mit mir. Nach Deutschland, das schafft sie. Aber in die Schweiz? Wer weiß, ob man sich dort verständlich machen kann. Und wenn etwas passiert? fragt sie ängstlich. Ich verspreche ihr, mich aus der Schweiz bei ihr zu melden. Wann, will sie wissen, Montag oder Dienstag oder Mittwoch ...? Morgens oder abends ...? Daß sie ganz sicher zu Hause sei. Da legt sich mir wieder ein Strick um die Brust. Ich kann es dir nicht sagen, wir werden unterwegs sein in Graubünden ... Diese Angabe verstört sie, das weiß ich, die Tochter entschwindet ihr in einem finsteren Tunnel. Sie seufzt und sagt kleinlaut: Ich bin ja immer daheim, wenn ich nicht gerade beim Willi im Spital bin. Abends auf jeden Fall. Und in der Früh.

6

Wir fahren ins Wallis. Hier scheinen sich die Menschen inmitten der Weinberge in ihren Chalets aufs Ewige eingerichtet zu haben. Ins Engadin wollen wir im Frühjahr reisen. Graubünden ist keine Landschaft für den November, sagt M.

Wir haben Glück, daß noch kein Schnee gefallen ist, so daß wir den Felskegel mit der Kirche und dem mittelalterlichen, turmartigen Gebäude noch in unseren leichten Schuhen erklimmen können. Wir sind außer Atem, als wir oben ankommen, der Anstieg ist steil. Er führt an alten geschwärzten Holzhäusern mit winzigen Fenstern vorbei oder an rissigem Steingemäuer, das aussieht, als nage an seinem Grund ein Rinnsal. Die Blumenkästen vor den Fenstern sind leer. In den handtuchschmalen Vorgärten schwankt im Herbstwind hin und wieder auf hohem Stengel eine *letzte Rose*. In unseren geröteten Gesichtern brennt die Anstrengung. Wir haben die Höhe des Felskegels erreicht. Ein Schwebezustand, denke ich, schwer zu ertragen. Hier fällt mir für Himmel wieder das Wort Firmament ein, das ist über uns gespannt, und unter mir breitet sich das aufgeschlagene Land aus. Ich trete zurück von der efeuumwachsenen Mauer, ich will in die Kirche, dort habe ich wieder festen Boden unter den Füßen. Das Dunkel, die Windstille, wir überschreiten eine Schwelle. An der Wand ein

Fresko: Das Jüngste Gericht. Die Verworfenen wie die Angenommenen sind teilweise wie hinter einem wolkigen Nebel verborgen. Ein Wassereinbruch hat auf Engel und Teufel seine zerstörerischen Spuren hinterlassen. Die Gesetze der Physik als Vernichter der Transzendenz. Unser Bedauern ist sogleich nur noch ein kunstgeschichtliches. Und wir hoffen auf Restauratoren und Geldgeber. Eine gotische Kirche ist eine gotische Kirche ist ein himmlisches Jerusalem. Was würde ich meinem Bruder sagen, wenn er meine Hand nähme und forderte: Hilf mir hinüber? Ich könnte ihm mit Verheißungen eine Brücke bauen. Ich könnte lügen; und im Lügen vielleicht die Wahrheit sprechen? Nein, das Fragen wäre an mir. Ich würde dich fragen, Bruder, zeig du mir, wie man stirbt. Erzähl mir von einem Licht, auf das du zugehen wirst, das Wärme und Liebe ausstrahlt und dich freud- und friedvoll stimmt wie rosenfingriges Licht, das durch gotisches Maßwerk fällt. Ich brauche Trost. Mich schmerzen die Beine, die Fußsohlen brennen in den Schuhen, Durst verspüre ich auch und Hunger. Das ist alles zu stillen. Doch zuvor wollen wir auf den Friedhof gehen und dann noch einmal an die grünbewachsene Mauer treten und an den Abgrund. Ganz allein liegt der Dichter. Das Efeu droht die Inschrift und sogar den ganzen Grabstein zu ruinieren. Das immergrüne Gerank hält die *eine* Rose mit Würgegriff umklammert und will ihr ans Leben. Ich fotografiere sie. Unter uns schwirren Vögel. Sie sind groß und schwarz. Die kleinen nähme man aus dieser Höhe nicht mehr wahr. Daß die Vögel einmal still durch uns hindurchfliegen könnten, erschreckt mich. Schon die Vorstellung, sie würden mir ums Haupt kreisen, sich auf meine Schultern setzen, besonders so große, schwarze, ängstigt mich. Nun, man soll nicht alles wörtlich nehmen. Es passiert ja nichts. Wir sind die einzigen hier oben. Unter freiem Himmel kein lebendes Wesen auszumachen. Regt es sich in den Häusern? Äugt man hinter den Gardinen? Ich möchte einem Walliser Mädchen in der Landestracht begegnen oder einem alten Mann mit scharfen Falten im Gesicht, so wie sie in manchen Farbbildbänden zu betrachten sind: Unsterblich.

Unser Hotel liegt zentral. Der ganze Ort scheint an der Durchzugstraße zu liegen. Auch die Fenster unseres Zimmers gehen auf die Fahrbahn. Es ist nur eine kleine Stadt, aber der Verkehr kommt die ganze Nacht nicht zur Ruhe. Es hat zu regnen angefangen, wir hören die Räder der Autos auf dem nassen Belag. Es hätte auch zu schneien beginnen können. Im November ist es hier keine Seltenheit, Schnee vorzufinden. Doch es herrscht eine Föhnlage. Ich kann nicht einschlafen. Lastautos dröhnen vorbei und lassen unsere Betten erbeben. Ich sehe das Telefon auf meinem Nachttischchen. Die Mutter wartet auf meinen Anruf. Genug von Krankengeschichten. Mopeds und Motorräder knattern zu unserem Fenster herauf. Meinem Bruder geht es vielleicht schon besser. Mit achtzehn hatte er einen Motorroller. Manchmal fuhr er mich in die Stadt oder ins Kino. Damals wollte ich gerne ein Mann sein. Das Geschlecht wollte ich wechseln können, wenigstens manchmal. Ich schlüpfte in die Hosen meines Bruders, er gestattete es widerwillig und brachte mich auf den Fußballplatz. Zum Testen. Ich hatte mir meine Haare sehr kurz schneiden lassen. Als Mädchen sah ich aus wie ein Junge. Die Leute sagten zu mir: Du siehst ja aus wie ein Bub, schämst' dich nicht? Doch als Junge sah ich aus wie ein Mädchen. Willi schämte sich. Die Männer auf dem Fußballplatz drehten sich nach mir um, das beobachtete er, sie lachten hinter meinem Rücken, manche wiesen mit ihren Fingern auf mich. Zwar hatten wir den Eintritt für das Fußballspiel schon bezahlt, aber es war noch nicht angepfiffen, da drängte mich mein Bruder schon wieder aus dem Stadion. Als könne er mit mir oder durch mich in eine strafbare Handlung verwickelt werden. Feigling, höhnte ich, als er mich auf schnellstem Wege wieder nach Hause brachte. Und Feigling, als er von mir verlangte, ich solle sofort seine Hose und sein Sacco wieder ausziehen. Ach, das war kein Bruder, mit dem man Pferde stehlen konnte. Als Kind war er sogar vor den Kühen auf der Weide bei den Großeltern davongerannt. Sein Davonlaufen hatte die Tiere erst dazu gebracht, ihm nachzutrotten. Ich habe immer versucht, ihn deswegen bei Mama lächerlich zu machen. Das war mir nicht gelungen. Aber der Großvater sagte: An dir ist ein Bub verlorengegangen. Das war Musik in meinen Ohren. Damals hatte ich insgeheim noch gedacht, aus der Haut eines Mädchens herausschlüpfen zu können, wenn ich nur wollte. Oder daß ich mit meinem Bruder tauschen könnte, der leicht weinte und sich nicht traute, auf Bäume zu klettern, und der sich von anderen Kindern verdreschen ließ. Er hatte blonde Locken und wäre überhaupt leicht in ein Mädchen zu verwandeln gewesen. Damals, als ich den Anzug, es war sein Ausgehanzug, er hatte mir wie angegossen gepaßt, wieder ausziehen mußte, begann ich zu begreifen, daß ich in meinem Geschlecht wie in einem Käfig eingesperrt war und mich in ihm einzurichten hatte. Mein Bruder konnte sich an seinem Motorroller nicht sehr lange erfreuen. Schon nach einem halben Jahr stürzte er nachts auf einer Schotterstraße nach einer Geburtstagsparty schwer. Sein Gesicht war wüst zerschürft und blutig aufgerissen. Meine Mutter bekam einen großen Schreck. Nach zwei Tagen, als die Blutergüsse unter den Augen und auf den Backenknochen rot, blau und grün changierten, zeigte er sich seinen Freunden, freute sich an deren Entsetzen und ließ sich von ihnen gebuckelt, mit spastisch verrenkten Gliedern fotografieren und ein bißchen als Held feiern. Schließlich, sein Gesicht war bis auf einige Narben wiederhergestellt, zeigte er das Foto mit den grausigen Verletzungen herum. Die Mädchen drückten sich die Hand ans Herz und verdrehten die Augen. Damit knüpfte Willi häufig erste Bekanntschaften an. Aber damals gingen wir schon getrennte Wege. Unsere Interessen waren zu verschieden. Ich hatte mir früher einen ganz anderen Bruder gewünscht oder gar keinen. Daran will ich mich jetzt nicht erinnern. Will mich überhaupt nicht mehr erinnern, schon gar nicht in der Nacht und in der Schweiz, sondern schlafen. Morgen, nein, heute, denn es ist schon heute, halb drei Uhr früh, heute wollen wir nach Muzot, um den Turm oder das Château, in dem der Dichter seine letzten Jahre verbracht hatte, zu besichtigen. Der erste Eindruck ist wichtig. Ich muß ausgeschlafen sein, mein Geist frei, durchlüftet, nicht durch Grübeleien und Alpträume verschattet und blockiert. Mein Bruder hat als Kind und als Heranwachsender im Schlaf mit den Zähnen geknirscht. Manchmal aber ist er wild gestikulierend aus seinem Bett gestiegen, von seinem in mein Zimmer mit einem blechernen, hohlen Geheul getorkelt. Ein Gespenst, schrie ich und weckte die Mutter, die herbeistürzte und Willi zurück ins Bett brachte. Der konnte sich am nächsten Tag an nichts mehr erinnern. Sein Schlaf schien, trotz Zähneknirschens und selbst während des somnambulen Herumwandelns, tief zu sein. Am nächsten Morgen lachten wir darüber, und Willi ließ sich seine nächtlichen Auftritte wieder und wieder schildern, er konnte nicht aufhören sich zu wundern. Auch die Onkel und Tanten besprachen die Auffälligkeiten meines Bruders. So etwas hatte ich ihnen nicht zu bieten. Meine Schlaflosigkeiten waren kein Thema. Tue ich mir deswegen noch immer leid? Ich krieche unter die Decke, zähle M.s Atemzüge statt der Schäfchen. Von draußen dringt nun kein Lärm mehr herein, lediglich das Geräusch des Regens. Die schweizerische Kleinstadt schläft endlich auch.

Natürlich werde ich schließlich doch eingeschlafen sein, obwohl ich mich am Morgen fühlte, als hätte ich die ganze Nacht kein Auge zugetan und sei auch nicht aufgewacht, sondern nur aus Gedanken hochgeschreckt.

An solchen Tagen ist es schwer, seine Füße ganzsohlig auf die Erde zu setzen. Man spürt keinen Boden unter sich. Es gibt Frühstück. Manchmal hilft Kaffee. M. freut sich, daß hier die *Neue Zürcher Zeitung* ausliegt. Er entschuldigt sich, während er sie raschelnd entfaltet. Er entnimmt ihr das Feuilleton, zerteilt es und bietet mir die eine Hälfte an. Das ist der Teil der Zeitung, aus der noch kein Blut fließt. Aber Titelblatt und Leitartikel sind davon durchtränkt. Wie viele Todesarten es gibt! Das will ich nicht wissen; und auch die Kriegsopfer will ich mir heute nicht vorzählen lassen. Also das Feuilleton. Aber ich lehne ab. Laß uns aufstehen und gehen. Hinaus in die trübe Witterung. Vielleicht macht sie mich wach. Der Dichterturm ist umnebelt. Die Wiesen dampfen ihre Feuchtigkeit aus. Der Turm hat einen Treppengiebel. Wir kommen näher und sehen immer weniger davon, weil das Gemäuer von einer hohen Hecke umgeben ist. Wir lugen durch das Gartentor und sehen einen schmalen, bekiesten Weg und Hortensienstauden mit braunen Blütenköpfen. Das Haus erlaubt keinen Zutritt. Der Eigentümer wohnt nicht hier, und wenn er hier weilte, gestattete er keine Besuche. Das wird erzählt. Es gibt Fotos, die die Innenräume des Hauses zeigen. Durch die Gitterstäbe des Gartentors spähend, stellen wir sie uns vor. M. macht sich ein paar Notizen. Der kleine Balkon auf der einen Seite erinnert mich, obwohl er aus Holz ist, an den von Romeo und Julia in Verona. Es gibt ein Lichtbild, da steht der Dichter in weißen Gamaschen darauf und blickt in die Ferne. Wir schleichen an der Gartenhecke entlang und spähen durch die Koniferen. Unsere Schuhe sind von der Nässe rasch durchweicht. Wir bedauern, daß das Wetter so schlecht ist. Wir könnten eine schöne Aussicht haben, ein Alpenpanorama. Man muß den Turm gesehen haben, sagt M., wenigstens einmal. Ich mache einige Aufnahmen. Arm in Arm kehren wir in das Hotel zurück. Obwohl es nicht mehr regnet, sind unsere Haare feucht und unsere Gesichter erfrischt. Wir kommen vielleicht im Frühjahr noch einmal zurück. Dann wird M. mir auch das Sterbezimmer zeigen, doch das liegt in einer anderen Gegend, aber auch sehr schön, noch schöner, es darf betreten und die überwältigende Fernsicht aus dem Fenster bewundert und fotografiert werden.

Schlechtes Wetter erleichtert das Abreisen. Die Bahn kommt pünktlich. Das ist vielleicht Glück: sich aus den feuchten Kleidern schälen, sich auf den gepolsterten Sitz fallen lassen und sagen: So, da wären wir. Das haben wir geschafft. Doch nun geht es weiter. Wohin? Er sagt: nach Hause. Ich denke: zurück in die Kleinstadt und will nicht ankommen. Er sucht in seinen Taschen nach seinem Terminkalender; in der großen schwarzen Mappe findet er ihn: Unser nächstes Vorhaben, sagt er, weißt du was und wann? Ich schüttle den Kopf. Noch vor Weihnachten zu einem Wochenendseminar nach Bingen am Rhein. Nur eine Woche, rechne ich mir aus, gilt es in der Kleinstadt auszuhalten. Sieben Tage, in denen das Telefon minütlich klingeln und schlechte Nachrichten übermitteln kann. Eine Woche geht rasch herum mit Wäschewaschen und Kofferpacken, Blumengießen und Staubsaugen. Es gäbe auch Zeit für ein Buch. Aber ich kann nicht mehr lesen, wenn jeden Augenblick das Telefon klingeln könnte. Vielleicht sollte ich den Keller entrümpeln oder den Dachboden. Zwischen Spinnweben, Staub und gilbendem Papier ließe sich die tödliche Nachricht besser verkraften.

Meine Handrücken sind von der Kälte noch blaugefleckt. Weißt du noch, Willi, als du mir eines Tages von einem Schulkameraden erzähltest, fünfzehn Jahre warst du und ich sechzehneinhalb. Mein Freund, sagtest du, der Tschumbo, du kennst ihn ja, der traut sich was. Das interessierte mich. Der traut sich, eine brennende Zigarette auf seiner Haut auszudrücken. Das hat er uns gezeigt, hat den Tschick auf der Innenseite seines Handgelenks, dort wo die Schlagadern liegen, ausgedrückt. Zwanzig Sekunden hat er die Glut auf seine Haut gedrückt. Hat nicht die Miene dabei verzogen, hat uns angelacht dabei. Dann war da ein rundes Loch, zuerst weiß und dann rot und jetzt beginnt es zu eitern. Und sogar ein wenig gestunken hat es. Mich wundert es heute, daß ich damals nicht fragte, was für einen Sinn eine solche Mutprobe haben sollte. Die Tat war Zweck genug. Ich trau mich auch, sagte ich, da ist doch nichts dabei. Meine Freundin lachte. Und Willi sagte: Beweise! Er drückte mir seine brennende Zigarette in die Hand und ich preßte sie auf meinen Handrücken. Der Schmerz war hell und stechend. Ich nahm den Stummel weg und sah, daß die Glut noch nicht erloschen war. Das gilt nicht, rief mein Bruder, nahm sie mir aus der Hand, zog heftig an der Zigarette, daß sie rot aufglühte und gab sie mir wieder. Hör auf, sagte meine Freundin, da kann ich nicht hinschauen, du hast ja schon eine Brandblase, die gibt eine Narbe, die bleibt dir. Etwas unter den ersten Versuch preßte ich nun zum zweiten Mal die Zigarette auf meinen linken Handrücken, hob den Kopf und schaute meinen Bruder an, der die Sekunden auf seiner Uhr stoppte, und meine Freundin, die nach einer Weile zu kreischen anfing. 45 Sekunden sagte Willi und ich zeigte ihnen die schwarze Asche auf dem Stummel. Auch meine Wunde, die kreisrund war, wie abgezirkelt, und nach verbranntem Fleisch roch, hielt ich ihnen lächelnd unter die Nase. Meine Freundin schüttelte den Kopf. Aber mein Bruder, das merkte ich, war stolz auf mich. Er würde mit mir vor seinen Freunden prahlen. Beide Narben sind heute noch zu sehen. Die erste kleiner und mit unscharfen Umrissen, aber die zweite ganz deutlich, weiß und rund von der Größe eines Herrenhemdknopfes.

7

Wir sind angekommen. Wir drehen den Schlüssel im Schloß, treten in den dunklen Flur mit der abgestandenen Luft. Kalt ist es hier, die Heizung war abgestellt. Meine Laune ist schlecht, und jetzt läutet auch noch das Telefon. Ich denke an meine Mutter. Ich habe mich aus der Schweiz nicht wie versprochen bei ihr gemeldet. Bist du endlich wieder da, sagt sie, ich habe schon oft angerufen, aber es hat niemand abgehoben. Wir sind gerade zur Tür hereingekommen, sage ich, was gibt es Neues. Willi? Er ist noch im Krankenhaus. Wir wissen noch immer nicht, was er hat. Die Ärzte finden nichts. Und die Schmerzen? frage ich. Immer noch. Er will heim. Er sagt, er will sich erschießen. Wenn er heimkommt, will er sich erschießen, hat er zur Pia gesagt. Jetzt hängt er wieder am Tropf, da bekommt er Vitamine und alles Mögliche, damit er wieder zu Kräften kommt. Die Ärzte sprechen manchmal von Operation. Welche Operation? frage ich. Was weiß ich, Magen vielleicht oder Darm. Der Oberarzt hat gestern etwas von Bauchspeicheldrüse gesagt. Aber zuerst muß er wieder zu Kräften gekommen sein. Sonst hält er es nicht aus. Meine Mutter wird gleich wieder zu weinen beginnen. Ich will von keinen Tränen wissen, solange ich nicht mitweinen darf. Sie schluchzt auf. Zu Pia hat er gestern gesagt, daß er weiß, daß er sterben muß. Ich muß sterben, soll er zu ihr gesagt haben, jetzt muß ich sterben, wo ich meine neuen Zähne habe. Sterben, das müssen wir alle, sage ich und denke, was geht in dir vor, Bruder, was fühlst du, wie schmeckt die Todesangst, hoffst du noch? Zu mir müßtest du sagen, ich muß sterben; ich würde nicken. Zeig mir, wie man stirbt, Bruder, würde ich sagen, es gibt doch Trost, nicht wahr, du gehst nicht ungetröstet von uns, du siehst ein Licht, spürst eine Wärme, hast dich schon über unser eitles Treiben erhoben? Wir folgen dir ja alle, früher oder später. Doch jetzt zeig mir, wie man es macht. Wie du mir das Zigarettenrauchen beigebracht hast, das Rauchinhalieren, den Lungenzug, und ich durch dich den rauschhaften Schwindel kennengelernt habe, diese Nikotineuphorie, die mich süchtig gemacht hat. Wie du mich das Schachspiel gelehrt hast, von dem ich schließlich so fasziniert war; du hast mich dann mit meinen Kenntnissen allein gelassen. Für jedes Turnier, das ich dir abtrotzen konnte, mußte ich bezahlen: entweder mit Zigaretten oder daß ich für dich einen Brief schrieb oder dir Kinokarten besorgte.

Pia hat daheim gleich seine Pistole versteckt. Ich habe ihr gesagt, höre ich meine Mutter, du mußt ihm die Pistole verstecken oder wenigstens die Munition. Wann kommst du wieder? Die Pia ist jeden Tag bei ihm im Spital. Er will nur noch uns sehen. Mich und die Lizzi, und nach dir hat er gefragt. Nach mir? Ja, er fragt immer nach dir. Ich komme sobald wie möglich. Meine Mutter schneuzt sich und sagt: Ja, komm, komm! Aber komm nicht zu spät.

Er möchte mich (noch einmal) sehen? Er soll mich

fragen. Ich werde antworten. Ich hätte ein paar Sprüche für ihn. »Wer sich zum Sterben bereit macht, rüstet sich zur Freiheit«, könnte ich sagen, »wer Sterben gelernt hat, ist frei. Wer gelernt hat, daß es nicht schwer ist, dem Leben zu entsagen, der hat das Leid des Lebens überwunden.« Damit kann man doch etwas anfangen, nicht wahr? Das tröstet doch, erhebt... Worte gäbe ich dir gerne, die dir wohltun, oder sollte ich deine Hand halten und schweigen? Oder lügen? Du wirst wieder gesund, Bruder, wirst weiterleben?

Ich muß dir so viel schuldig bleiben. Ob du dich noch erinnerst: vor dreißig Jahren, als ich siebzehn und du fünfzehneinhalb warst? Im Februar. Nach einem Maskenball war ich spät nach Hause gekommen. Ich hatte meiner Mutter auf einem Zettel eine Nachricht hinterlassen: Auf gar keinen Fall wecken! Will ausschlafen! *Gar keinen* hatte ich doppelt unterstrichen. Das Papier heftete ich mit einem Reißnagel an die Tür meiner winzigen Kammer. Die Tür hatte kein richtiges Schloß, nur einen metallenen Haken, den ich in eine Öse zwängte. Dann schluckte ich die Schlaftabletten, die ich mir am Vortag in mehreren Apotheken zusammengekauft hatte. Die hinunterzuwürgen war nicht einfach. Hinterher war ich ganz ruhig. Beinahe heiter. Ich dachte an die Gesichter meiner Mutter, meiner Schwester und an deines, Willi, wenn ihr mich tot fändet. Vielleicht würdet ihr weinen um mich. Die Vokabeln meiner Not, im Tagebuch aufgezeichnet, galten nicht mehr. Ich hatte keine Angst. Und du damals und du heute? Du hast Alarm geschlagen. Die Mutter beschwichtigte dich: Laß sie doch schlafen, so lange sie will! Doch als ich um vier Uhr nachmittags noch immer auf kein Klopfen antwortete, hast du eigenhändig die Tür zu meiner Kammer aufgebrochen. Das war nicht schwierig. Das Häkchen aus dem Holz gerissen. Halb sei ich schon *Hinüber* gewesen, habe der Hausarzt gesagt, hieß es. Das hast du einzig deinem Bruder zu verdanken, daß du noch lebst, sagten alle. Ich dankte es dir nicht. Das Leben ging weiter, es war mir geschenkt und hatte keinen Wert; es war alles beim alten geblieben, kein Grund weiterzuleben demnach.

Zu spät, dir heute mein Leben zu danken.

8

Wir reisen wieder ab. Es geht durch deutsche Landschaften und an den Rhein. Auf der Autobahn vergesse ich, wohin wir unterwegs sind. Ich will nicht ankommen. Solange unter uns die Räder unseres Wagens rollen, kann nichts an mich heran. Wir haben nun einen Blick auf den Rhein. Und seine Ufer: Weinberge, wie künstlich aufgeschichtet; und Städte am anderen Ufer, malerisch und hochwassergefährdet gelegen. An Bacharach kommen wir nicht vorbei. Das liegt weiter nördlich. Gegen Koblenz zu, erklärt er mir, zum Deutschen Eck. Das sollte ich wissen, auch als Ausländerin. Dort, wo Kaiser Wilhelm wieder für Deutschland reitet. Am Sedanstag, da kommt wieder alles ins Lot.

Bingen ist ein reizvolles Städtchen, sagt er. Und er zeigt mir den Mäuseturm, der unvermutet aus der Mitte des Rheins herausragt. Im Mäuseturm soll der Sage nach Erzbischof Hatto von Mainz wegen seiner Hartherzigkeit oder wegen Meineids von Mäusen gefressen worden sein. Am anderen Rheinufer ist die Germania zu sehen, ein Nationaldenkmal zum Andenken an den Krieg von 1870/71, vor allem aber an den Sieg. Da braust ein Schnellzug heran, schiebt sich zwischen Rhein und uns und macht uns sprachlos. Also in die Pension. Die ist nicht weit, wir werden nachts von den

Zügen überfahren werden, selbst bei geschlossenem Fenster.

Der Frühstücksraum ist familiär. Vor einem Fenster sind um ein niedriges Tischchen ein Sofa und ein Polstersessel gruppiert. Ein älterer Herr hat es sich zwischen den Kissen bequem gemacht und drückt sich ein Handy an sein Ohr. Wir nehmen in der Mitte des Raumes Platz, denn der Tisch am anderen Fenster ist auch schon besetzt. Ich habe den Herrn mit dem roten Gesicht und dem portablen Telefon im Auge. Seine Stimme dröhnt in den Hörer und in den Raum. Ich schaue mich um. Die vier Damen am anderen Fenstertisch verzehren ihre Brötchen und flüstern miteinander. Ich hätte mich gern mit M. unterhalten. Doch ich bringe meine Gedanken nicht zusammen, weil die lauten Sätze des Telefonierers in sie einbrechen. Manchmal lacht der Mann. Dann sieht er zum Fürchten aus. Vielleicht verschluckt er uns. Vielleicht aber trifft ihn vorher der Schlag, so hochrot wie sein Gesicht ist. Ich sollte ihn warnen. Er spricht von einem Erschossenen. Das war ein mutmaßlicher Terrorist. Deshalb interessiert ihn auch die Frage nach dem Mörder nicht. »Hauptsache, das Aas ist tot«, sagt er sehr laut. Mit seinem Gesprächspartner hat er keine Meinungsverschiedenheit. Er tauscht sich nur aus. Der Partner wohnt in Frankfurt, der Goethestadt, von ihr ist die Rede, und hat auch Angst. »Alle schauen nur nach rechts, dabei wächst von links eine Gefahr heran, die viel größer ist.« Ich merke es an seinem Mienenspiel, daß ihm sein Partner zustimmt. Der Mann spricht von den heruntergekommenen Russen, daß sie immer heruntergekommen gewesen seien und daß Deutschland für die hier stationierten Sowjetsoldaten das Paradies gewesen sei, und erinnert sich der Moral und der Disziplin, die in der deutschen Wehrmacht geherrscht habe und noch herrsche, und er spricht von »unseren Jungs«. Ich versuche, nicht mehr hinzuhören und höre doch, wie er in den Hörer und in die Stille des Frühstücksraums aus einem Lachen heraus ein Zitat setzt: »So treiben wir, die Hand am Schwert, friedlich Geschäfte.« Er hat offenbar das Thema gewechselt, und es geht nun um den *Wirtschaftsstandort Deutschland*. Wir haben das Frühstück beendet, auch der Mann hört auf zu telefonieren.

Wir gehen zum Festakt für den Dichter in den Veranstaltungsraum der Volkshochschule. Eine Flötenspielerin und ein Rezitator stellen sich auf. Der Saal ist ziemlich voll geworden. *Weltabend lohte,* rezitiert der Sprecher, die Flöte spielt ihn. *Weltabend lohte*... die Flöte warnt... *rings war spiel und sang/ Sie alle sahen rechts – nur Er sah links.* Die Solistin, ein schlankes Mädchen in Schwarz, schmiegt sich mit ihren Tönen an die Dichterworte. Es gibt viel Applaus.

Bingen hat einen alten jüdischen Friedhof, wir können uns die Füße vertreten, bevor es weitergeht mit Vorträgen. Der jüdische Friedhof ist eine Sehenswürdigkeit. Nach einem steilen Anstieg erreichen wir ihn. Er ist von dicken Mauern umgeben und auf einem abschüssigen Hang angelegt. Wir suchen das Eingangstor. Es ist versperrt. Früher, als Kind, hätte ich das schmiedeeiserne Tor überklettert. Wir lugen durch die Gitterstäbe. Der bekannte Anblick. Die steinernen Grabtafeln schief, von Efeu umwuchert, von Farnen umgarnt, Gräser, Sträucher und Vogelgezwitscher. Was ist es, das uns hierhertreibt, das uns unsere Hälse strecken, uns den Eintritt wünschen läßt? (Wir könnten die hebräischen Schriftzeichen doch nicht lesen.) Die Eltern von Ida Coblenz wären hier wohl zu finden. Doch sie selbst? Gestorben in Hamburg. Aus dem Fenster gestürzt? Selbstmord im Jahre 1942, um der Deportation zu entgehen. Eine Selbstmörderin ist kein Vorbild für die Jugend. Sie heißen die zu benennende Schule lieber Rochusgymnasium. Rochus ist ein approbierter Heiliger, da kann nichts schiefgehen. Wir wollen in der Vergangenheit der alten Gräber bleiben. In Bingen gab es kein KZ. Daß hier einmal zwei Synagogen standen, weiß nur noch ein alter Baedeker. Schade, daß wir nicht nähertreten und nach jüdischem Brauch Steine auf die Grabdenkmäler legen können. Was will ich noch hier? *Ich darf so lange nicht am tore lehnen/ Zum Garten durch das gitter schaun* ... wie geht es weiter?

Das könnte ich meinen Bruder fragen, ob er sich noch erinnere; darüber könnten wir lachen. Weißt du noch, könnte ich fragen, wie wir beide als Kinder vor den verschlossenen Toren unseres Friedhofs standen, es war schon Abend, aber noch hell, Sommer muß es wohl gewesen sein. Damals schleppte ich dich, den Jüngeren, noch überallhin mit. An deiner Schwäche richtete ich mich auf. Du hast es dir gern gefallen lassen. So sehe ich es heute. Dann standen wir vor dem schwarzgoldenen schmiedeeisernen Tor mit den barocken Ranken. Wir hatten den Weg vergeblich gemacht. Der Park war verschlossen. Es war der einzige Platz unseres Ortes, abgesehen von der barocken Kirche, an dem das Kind etwas Hinanziehendes fand und der es anlockte. Wir drückten uns also ans Gittertor und starrten auf die Grabbeete, die schwarzen, gußeisernen Kreuze mit den silberfarbenen Aufschriften, es gab auch glatte Grabsteine, schwarzglänzende, über die ich gerne heimlich strich, und rauhe, bemooste, und gegenüber dem Haupteingang das schlichte Gitter eines Tors, das nur an Festtagen und bei Begräbnissen geöffnet war. Aber hinter dem Gitter ganz deutlich, das Schaurige: Adam und Eva im Fegefeuer, Augen hatten sie, die wie Kugeln rollten, verrenkte Arme, nackte abgezehrte Oberkörper, bis zur Hüfte steckten sie im Flammenmeer, die Münder in Schmerz und Reue verzerrt. Die Gesichter sahen einander zum Verwechseln ähnlich, nur hatte Eva lange, rote Haare, die sie sich raufte, und pralle Brüste mit Brustwarzen, die aussahen, als glühten sie bereits. Und darüber die Kalvarienbergkapelle mit dem Gekreuzigten. Erinnerst du dich, Bruder, du drängtest nach Hause, glaube ich, während ich die schmiedeeisernen, sich ineinanderschlingenden Verzweigungen betrachtete. Das Tor war nicht unüberwindlich. Die kunstvollen Verästelungen konnten mir als Leiter dienen. Ich machte einen Versuch, stemmte mich gegen einen kräftigen Schnörkel, klammerte mich an Blütenranken und stieg nach oben. Mein Röckchen, das meine Mutter nachts aus alten Stoffresten in stundenlanger Arbeit zusammengestückelt hatte und sich sehen lassen konnte, verfing sich in den Zacken und Bögen, behinderte mich aber nicht, weil der mürbe Stoff sofort riß, wenn ich weiter nach oben strebte. Ob du mich abzuhalten versucht hast, Bruder? Ob du Angst hattest oder meine Kletterpartie gespannt verfolgtest? Ich überstieg also das Tor, forderte, das weiß ich noch genau, dich von drüben auf, es mir nach zu tun. Es sei ganz leicht, eine Spielerei. Du hast aber nur den Kopf geschüttelt, daß deine blonden Locken tanzten. Da machte mir das Drinsein keinen Spaß mehr. Vielleicht machtest du draußen eine Bewegung, als wolltest du fortgehen, so daß ich mich wie eine Eingekerkerte fühlte, eine zu den Toten Gesperrte. Ich lockte weiter vergeblich durch das schwarze Schmiedeeisen. Schließlich kletterte ich wieder zurück. Du hast dir das Kleid zerrissen, sagtest du endlich. Meine Mutter schlug die Hände über dem Kopf zusammen. Jetzt erst, als sie an dem Kittel zupfte, bemerkte ich die ganze Bescherung: Er hing in Streifen an mir herunter. Wie ein Negerröckchen, ganz zerfranst, hat es ausgeschaut, so wurde Tante Mina das Ergebnis meines Abenteuers veranschaulicht. Da konnte meine Mutter schon wieder darüber lachen. Erinnerst du dich, Bruder, daran? Wie erzählst du mir diese Geschichte?

Wir gehen weiter, den Hohlweg entlang der Mauer. Es gibt keinen zweiten Eingang. Kehren wir um. M. schaut auf die Uhr. Er darf den nächsten Vortrag nicht versäumen. Wir setzen uns in die erste Reihe, damit wir den Vortragenden gut verstehen, denn der Raum hat eine schlechte Akustik. Ich höre nicht hin.

9

Wir sind nach Hause gekommen. Der Briefträger hat Post eingeworfen und die dicke Samstagszeitung spreizt sich im Postkasten. Aus der Zeitung fällt ein schwarzumrandetes Kuvert heraus. Wir erschrecken, wie jedermann erschrickt bei solcher Post. Es fällt mir sofort mein Bruder ein und daß er nun tot sei. Aber es ist ein Professor, der mit achtundneunzig Jahren das Zeitliche gesegnet hat und von dessen Ableben wir schon aus der FAZ erfahren hatten, denn der Abgeschiedene war prominent gewesen. Ich schäme mich, an meinen Bruder als an einen Abgeschiedenen gedacht zu haben, denn noch war seine Krankheit ja meines Wissens nicht als eine tödliche identifiziert, und daß er Schmerzen litt, bewies ja zur Genüge, daß er am Leben war. Ich freue mich, daß es Menschen gibt, die mit achtundneunzig sterben, das gibt mir Hoffnung. Willi ist fünfundvierzig. Im Haus haben wir die Heizung angelassen, ich brauche sie nur höher zu stellen und einen heißen Tee zu trinken, dann wird mir warm und behaglich. Doch zuvor läutet das Telefon, ich will nicht abheben und stürze doch hin zum Apparat und habe den Hörer schon nach dem zweiten Klingeln am Ohr. Meine Mutter will von mir wissen, was ich davon halte, daß der Willi immer weniger werde und der Arzt wieder von einer Operation gesprochen habe. Sie hat Angst, er würde eine Operation nicht überleben. Er schiebe sich nur noch schrittweise herum, gestützt auf ein Gestell mit Rädern, das an Kofferkulis auf Bahnhöfen erinnere und an dem der Plastikbeutel mit der Nährlösung hänge. Schmerzen? frage ich. Die Schmerzen seien weg, erzählt meine Mutter, habe er gesagt. Wenn man mit ihm rede, könne es sein, daß er plötzlich einschlafe. Neulich habe er die ganze Besuchszeit verschlafen, und sie habe kein Wort zu ihm sagen können und ihn nichts fragen. Ich versuche sie zu beruhigen. Er hat Wasser im Bauch, behauptet meine Mutter, das zapfen sie ihm von Zeit zu Zeit ab. Das kollert in ihm herum, wenn er stilliegt und erst recht, wenn er sich bewegt. Der Arzt hat wieder etwas von Bauchspeicheldrüse gesagt, fällt meiner Mutter noch ein. Ich sollte den Koffer auspacken, statt dessen schlage ich in meinem Klinischen Wörterbuch nach. Unter ›Pankreas‹ nennt mir der *Pschyrembel* die Todeskankheit. Ich lege meinen Finger auf das Stichwort. M. will es nicht lesen. Ich schlage das Buch zu.

Ich habe immer alles früher gewußt als du, Willi. Du mußtest dich nicht um die anderen kümmern, du wurdest von allen geliebt. Ich aber habe, unbehelligt von den Umarmungen und Zärtlichkeiten der Verwandten, gleichsam in der Ecke stehend, lauernd, beobachtet. Über dich brach immer alles herein, ich aber sah es kommen. Das war meine kleine Überlegenheit, ein Kassandradasein führte ich von Kindheit an. Erinnerst du dich, als unser Vater starb? Du neun, ich zehneinhalb Jahre alt. Er war ins Krankenhaus der Landeshauptstadt gebracht worden. Die Mutter tuschelte mit der Nachbarin, ich hörte *Blut im Harn*. Und *Blut im Harn* wiederholte, bedenklich den Kopf schüttelnd, die Nachbarin. Uns Kinder schickte man über das Wochenende zu den Großeltern aufs Land. Das waren Bauern, die dir nicht über die blonden Locken strichen. Um den großen Tisch saßen wir und würgten an den Speckknödeln und den mit scharfem Mostessig angemachten Salat. Wir hatten Angst vor jeder Mahlzeit, außer am Freitag, da gab es manchmal Krapfen. Aber da würden wir schon wieder zu Hause sein. Mutter brachte uns her, sie sollte uns auch wieder abholen. Aber es kam die Tante. Die Mutter habe keine Zeit, sagte die Tante. Ich beobachtete die Blicke, die die Erwachsenen miteinander wechselten, ihre Mienen, ihr Getuschel. Willi und ich, wir ließen uns auf der Wiese von einem Brett, unter das wir einen runden Holzklotz gelegt hatten, emporschnellen. Abwechselnd sprangen wir auf die Bohlenenden. Es war ein schöner Maiabend, ganz lind, und im Hüpfen wußte ich plötzlich, daß unser Vater gestorben war, und ich wurde ganz aufgeregt, als hätte ich vorzeitig meine Weihnachtsgeschenke im Schrank vergraben entdeckt. Das Geheimnis gehörte mir, es prickelte. Ich war heiter bis zur Abreise und auch noch in der Bahn. Mutter und Schwester standen am Bahnhof und holten uns ab. Ich lief auf Mama zu, schluchzte los und vergrub mein Gesicht in ihrer Bluse. Du, Willi, fragtest verwirrt, das habe ich alles wahrgenommen und in Erinnerung behalten, was hat sie denn? Mama sagte, indem sie mir über das Haar strich, der Papa ist tot, und um ihren Mund zuckte es. Schließlich weinten alle, ich hörte auf. Ich schämte mich später, daß ich keine Tränen mehr hatte. Vor dem Spiegel übte ich, ein tragisches Gesicht zu ziehen. Ich betrachtete die durchgesessene Stelle auf dem Sofa, auf dem Papa immer zu sitzen pflegte, dachte, daß die Kuhle ihn erwarte; ich begann mir einzubilden, daß er wiederkäme. An irgendeinem Festtag würde er wieder an seinem Platz sitzen, als wäre nichts gewesen. Zuerst hoffte ich auf Weihnachten, dann auf meinen Geburtstag, dann hielt ich seinen Sterbetag für passend, daß er erschiene, später seinen Geburtstag und dann wieder Weihnachten. Irgendwann muß ich wohl aufgehört haben, auf ihn zu warten. Darüber mit Willi zu reden und ihn zu fragen, wie er das alles erlebt habe, ist es wohl zu spät. Jetzt wird er nur noch seinen eigenen Tod vor Augen haben und keinen anderen mehr gelten lassen, stelle ich mir vor.

Heute kann ich mich trotz allem noch wohlfühlen. Ein geheiztes Wohnzimmer, Tee oder ein Glas Wein, Brot, Käse, vielleicht sogar Kerzenschimmer, ein liebes Gesicht als Gegenüber. Das Sterben des Bruders ist ein Schreckgespenst und schon verscheucht. Denn: ich kann mich auch irren. Ich packe die Koffer aus. Bald ist wieder alles an seinem Platz. Auch ich.

Schon am nächsten Morgen verstehe ich meine gestrige Zufriedenheit nicht mehr, gehe durch das fremde Haus, das ich bewohne und das mir nicht wohlwill; das fühle ich vor allem tagsüber. Nachts kann ich mir in der Schwärze eine andere Umgebung vorstellen, oder der

Lichtkegel einer Lampe täuscht mir Heimeligkeit vor. Ich will wieder weg, wir beschließen eine Fahrt in den Schwarzwald für das Wochenende; ich fange gleich an, die Koffer zu packen. Das Telefon klingelt. Es ist meine Schwester. Willi wird morgen aus dem Krankenhaus entlassen, sagt sie. Ich will mich freuen und bringe doch nur ein ungläubiges Staunen zuwege. Also geht es ihm besser, sage ich. Nein, sagt Lizzi, ihm ist nicht mehr zu helfen. Aber er hat doch keine Schmerzen mehr, werfe ich ein. Morphium, antwortet sie. Krebs, fährt sie fort, nicht mehr zu operieren. Wir wollen es der Mama noch nicht sagen. Der Arzt hat Pia und mir gestern reinen Wein eingeschenkt. Er hat gar keine Hoffnung gelassen, frage ich. Nein, es ist keine Hoffnung mehr. Komm, sagt sie, komm, wenn du ihn noch sehen willst, bald. Ja, sage ich, ich komme. Und habe Angst. Als ich den Telefonhörer aufgelegt habe, stehe ich still und fühle in mich hinein und möchte es in Worte fassen können, was jetzt in mir vorgeht, es geht nichts vor, es ist alles taub, und dann lehne ich mich auf, gegen das Komm! Ich werde die Koffer noch nicht für Österreich packen und nicht für meinen Bruder.

10

Wir haben Dezember. Das Weihnachtsfest wollen wir in unserem Refugium verbringen, das war längst abgemacht. Ich telefoniere mit meiner Schwester, um mir von ihr meinen Eskapismus entschuldigen zu lassen. Wie es denn gehe, will ich wissen, ob es reiche, wenn ich meinen Besuch bis nach Weihnachten aufschöbe. Lizzi beruhigt mich. Ich rufe auch Pia an, nicht zu Hause, sondern in der Kanzlei, daheim lauscht Willi mißtrauisch auf jedes Gespräch, aus jedem Reden hört er sein Todesurteil heraus. Es war ein älterer Vetter in der Steiermark plötzlich gestorben. Mutter erzählte es Pia flüsternd am Küchentisch. Willi schien im Nebenzimmer zu schlafen. Doch er schlief nicht, er dämmerte nur vor sich hin, also hörte er, daß vom Tod die Rede war, vom Sterben, von ihm. Seine eigene Mutter schien ihm seinen Tod zu besiegeln. Da bäumte er sich noch einmal auf und schrie aus Leibeskräften, er, dessen Stimme nur noch ein Flüstern war in den vergangenen Tagen, daß er nicht daran denke zu sterben und daß ihm seine Mutter nicht mehr unter die Augen kommen solle, seine eigene Mutter, die ihm den Tod an den Hals hetze. Er hat sie sogar verflucht, flüstert Pia ins Telefon. Einen Tag ertrug es Mutter, ihn nicht aufzusuchen, doch am zweiten wagte sie sich wieder an sein Bett. Er sagte: Da bist du ja. Und sonst nichts und schloß wieder die Augen und schlief ein wenig mit offenem Mund und schlug wieder die Augen auf und sah, daß seine Mutter noch immer bei ihm saß, und er sagte: Du bist ja da.

Pia versteht auch, daß ich jetzt nicht kommen kann, sie tut, als habe sie das Todesurteil nicht zur Kenntnis genommen. Das macht es mir leichter.

Also steht unserer Abreise morgen nichts mehr im Wege. Ich vergesse das Gewicht meines Bruders. Ich gehe durch das Haus und überlege, was alles einzupakken sei. Diesmal können wir zwei Wochen bleiben. Eines Tages, das sage ich M. heute beim Abendessen und kämpfe mit Tränen des Trotzes, weil ich seinen Widerstand voraussehe, kehre ich nicht mehr hierher zurück. Die Mauern dieses Hauses haben Stacheln. Er versucht, mich abzulenken. Das klappt manchmal bei Kindern. Ich beharre aber um so entschlossener auf meinem Thema. Wegziehen von hier, ganz und gar woanders hin und neu anfangen, oder in den Süden, in das Haus, in dem die vielen, freundlichen Hausgeister wohnen. O Gott, stöhnt er, diese Irrationalität. Und sei froh, daß wir gesund sind, denk an deinen armen Bruder. Das ist unfair. Hier werde ich nicht mehr lange gesund sein, in diesen Mauern lauert das Verhängnis. Die Angst derer, die hier lebten – du hast mir ja von ihnen erzählt – und die eines so grausigen Todes starben, schwebt noch durch die Räume. Du hast ja nicht einmal die Tapeten gewechselt, ja, hast sogar manche Möbel preiswert von den Erben übernommen. Die Couch, schreie ich, auf der die Frau starb, die Vorbewohnerin, die mit dem tragischen Schicksal. Du hast mir doch alles erzählt, es ist mir, als kennte ich sie, als begleitete sie mich in die Küche, die wir ja auch übernommen haben, als schaute sie mir auf die Finger, wenn ich das Geschirr spüle und wenn ich ihren Elektroherd anmache. Die Lichtschalter an den Wänden, hat sie vor mir berührt und die Nachbarn erwarten immer noch, sie aus der Tür gehen zu sehen, wenn ich das Tor öffne. Du bist ja verrückt, wirft er ein. Das Haus ist schön, das mußt du doch zugeben. Ich habe von dieser Frau nichts gewußt, beharrte ich, als ich zu dir zog. Du hast mir erst nach und nach von ihr erzählt und den anderen schrecklichen Vorgängen, dem Sohn, der sich im Keller, wo jetzt meine Waschmaschine steht, erhängt hat; und der Mann, der wahnsinnig geworden ist und nun in der geschlossenen Psychiatrie sein Leben hinbringt, ist zuvor mit seinem Kopf gegen die Wände in unserem Schlafzimmer gerannt. Die Nachbarin hat mir Andeutungen gemacht und dabei ein Kreuz geschlagen. Der Schweiß der Verzweiflung und der Todesangst klebt noch an den Wänden, ich fühle ihn. Du hast das erstbeste Haus genommen, was dir geboten wurde, es ist aber das schlechteste für uns, auch wenn es die niedrigste Miete hat. Es ist kein Glücksgriff gewesen, sondern wird sich zu unserem Verderben auswachsen. Jetzt habe ich es aus mir herausgeschüttet. Er sitzt und hat den Kopf gesenkt. Wir schweigen. Dann schlage ich die Tür hinter mir zu. Es klingelt das Telefon, ich gehe nicht dran, sondern drücke mich im Schlafzimmer in die Kissen. Er hebt ab, spricht mit jemandem, es ist nicht für mich, nichts von meinem Bruder, er lebt.

Um diese Zeit hat die Natur auch im Schwarzwald nichts zu bieten. Es hat in diesem Jahr erst einmal, das war um Allerheiligen, ein wenig geschneit. Nun ist es kalt und feucht, und die Baumstämme glänzen schwarz vor Nässe. Die Wipfel der Bäume stecken im Nebel. Alles trieft, die Elstern, diese unverhältnismäßigen Vögel, fliegen niedrig oder watscheln wie Enten in unserem Garten unter den beiden großen Fichten umher. Meisen und Rotkehlchen haben längst vor ihnen verschreckt das Weite gesucht. Nur die Spatzen behaupten sich noch neben diesen schillernden, aufgeblasenen Frackschwänzen und tschilpen im mageren Geäst des Ahornbaumes vor meinem Fenster. Es wird rasch dunkel. Unversehens sitze ich im Finstern. Ich mache Licht an meinem Schreibtisch und stelle mir vor, Briefe zu schreiben oder Erinnerungen zu notieren. Das wäre etwas für später. In ihnen könnte ich mich nach Jahren entstehen sehen. Wenn man nur wüßte, wo zu beginnen wäre, daß es weiterliefe mit den Gedanken, daß sich die Zusammenhänge herstellen ließen, die einem irgendwann einmal Hilfe gewähren könnten. Das Kind, das noch nicht lesen konnte, hatte ein Lieblingsmärchen, das hieß »Brüderlein und Schwesterlein«. Die Mutter mußte es mir immer wieder vorlesen, sie ließ sich meistens bitten oder machte das Vorlesen von meinem Wohlverhalten abhängig. Ich verwünschte die Tatsache, daß ich noch nicht lesen konnte, um nicht mehr auf die Gunst der Mutter, auf keines Menschen Gewogenheit mehr angewiesen zu sein. Du kommst noch früh genug in die Schule, hieß es, es klang wie eine Drohung. Aber wenn sie uns doch vorlas, dann kauerte ich zu ihren Füßen, mein Bruder saß auf ihrem Schoß, er war der kleinere, oder ich stellte mich hinter sie auf einen Sessel und kämmte sie. Das mochte sie nicht gerne, weil ich ihr dabei die Frisur zerstörte, aber manchmal durfte ich es trotzdem, und ich wühlte in ihren dunklen schönen Locken und hörte das Märchen, das ich fast auswendig kannte: *Was macht mein Kind, was macht mein Reh, jetzt komm ich noch einmal und dann nimmermeh!* Mein Bruder schlief oft auf dem Schoß der Mutter ein. Ich betrachtete ihn und dachte ihn mir als Reh mit einem Bindfaden um den Hals. Ich war die Königin und rettete ihn. Aber, hatte ich ihn nicht zuvor ins Elend gestürzt mit meinem Durst, den ich nicht bezähmen konnte? War im Märchen nicht der Bruder der Klügere und Beherrschtere gewesen? Das ließ ich nicht gelten. Tatsache war doch: Er lag als Reh auf dem Stroh und war auf meine Hilfe angewiesen. Ob Willi sich daran erinnert, das möchte ich wissen. Das ließe sich alles auch fernmündlich fragen und klären. Doch er spricht nicht mehr in den Telefonhörer, er hört nur noch zu beim Telefonieren und läßt sich hinterher alles haarklein erzählen und dämmert dann wieder ein. War ihm das Märchen auch so wichtig gewesen wie mir? Oder hatte er nur zugehört, weil er auf dem Schoß der Mutter sitzen durfte, einen Blick in das Märchenbuch hatte und die Bilder betrachten konnte, während ich unten, auf dem Fußboden hokkend, auf meine inneren Bilder angewiesen war und erst hinterher, wenn das Buch zur Seite gelegt wurde, es wieder aufschlagen und die Zeichnungen im Buch mit den

Bildern, die sich in mir geformt hatten, vergleichen hatte können. Ich hätte ihn das alles längst fragen sollen.

Vielleicht hatte er auch noch nicht vergessen, daß ich ihm, als wir beide allein zu Hause waren, die Haare schneiden wollte. Ich machte es ihm vor. Meine Haarbüschel hielt ich meinem Bruder hin. Er wich vor mir und meiner Schere zurück, kroch unter den Tisch, ich drängte ihn an die Wand. Zur rechten Zeit kam die Mutter zurück, packte mich, schüttelte mich an den Schultern, drehte meinen Kopf in ihren Händen, rief: Du bist jetzt ganz *verschandelt*. Schau, da hinter dem Ohr fast eine Glatze und auf der anderen Seite auch. Willi wurde gelobt, in die Arme genommen und getröstet, als er, was ich gar nicht verstand, auch noch zu plärren begann. Ich war wochenlang den Onkel, Tanten und der Nachbarin ein Gelächter.

11

Der Nebel, der um diese Jahreszeit im allgemeinen unten im Tal hockt, ist zu uns auf tausend Meter Höhe heraufgekrochen. Wir könnten einen Ausflug machen, noch höher hinauf, dann gingen wir in der Sonne. Mein Bruder, denke ich, ja niemand aus meiner Familie, hat den engen Umkreis seiner Geburt je verlassen. Es ist mir, als stünde ich auf einem Podest, und ich könne den Blick des Überlegenen auf die siebenhundert Kilometer Entfernten, Ansässiggebliebenen, werfen. Keine fünfhundert Schritt von dem Ort entfernt, an dem er zur Welt gekommen ist, wird mein Bruder sterben. Wie stirbt es sich in der Heimat? Umgeben von nichts als Bekanntem, Angehörigem? *Im Schoße unserer Familie wollen wir leben und glücklich sein, trauern und sterben sollen wir unter Fremden.* Und du Bruder, was meinst du dazu? Ich darf dich ja nicht fragen. *Für Geld finden sich Menschen, die uns den Kopf bequem betten und die Füße wärmen, die nur dann bei uns sind, wenn wir es wünschen, die uns ein gleichgültiges Gesicht zeigen und uns ungestört gewähren lassen.* Das hat doch was für sich? Finden sich für Geld Menschen? Sie sind ja um dich, den Krankenhauspatienten. Und doch wartest du jeden Tag auf Pia, wartest auf die Stunde, wenn sie die Kanzlei schließt. Jede Minute zählst du, die anderen, die an deinem Bett sitzen, siehst du nicht mehr, schiebst immer nur den Ärmel deines Nachthemdes über dein Handgelenk zurück und starrst auf das Zifferblatt, bis sich die Tür öffnet und sie kommt. Die einzige, die dir ein wenig von deiner Angst nehmen kann, ist es nicht so? Ich mache mir ein Bild von dir, das ist eitel. Ich weiß es ja selbst, daß auch ich an deinem Bett sitzen soll. Ich gehe hinaus in den Nebel, der mir den Atem verschlägt. Ich bereite mich auf unser Gespräch vor. Wir müssen uns doch noch etwas Wesentliches sagen, bevor wir für immer Abschied nehmen. Daß du mir noch etwas zurufst, die ich am anderen Ufer stehe, und du schon im Kahn. Solche Gedanken kommen einem, wenn man im Nebel über Land geht. Da weiß man bald nicht mehr, wo man ist. Es gibt keine Landschaft mehr. Markierungspunkte sind die Scheinwerfer der Fahrzeuge. Und Motorensingsang. Man spitzt die Ohren und horcht in sich hinein. Aus den Fenstern der wenigen Häuser entlang der Straße gilbt Licht. Ich bleibe stehen und möchte einen Blick ins Innere tun können: auf grüne Kachelöfen, Schwarzwalduhren, bemalte Bauernschränke, Herrgottswinkel. Das würde mich in eine Kindheit entführen, wie sie nur in süßlichen Weihnachtserzählungen vorkommt, bei Rosegger und Waggerl, und die mir den Kindermagen verdorben haben. Mein gelegentliches Bedürfnis nach Idylle verberge ich geschickt vor den anderen, oft genug auch vor mir selbst. Aber ich sehe nichts durch die feucht angelaufenen gelblichen Scheiben, das mir Nahrung geben könnte auf meiner sentimentalen Reise durch den bäuerlichen Advent. Während ich durch den finsteren Schwarzwaldnebel wandere, erinnere ich mich an Straßburg, an einen

Novemberabend ohne Nebel, an dem ich durch die *Petite France* schlenderte, seltsam emphatisch wie nach einem Konzertgenuß, sehe sie vor mir, die gebuckelten Häuser, die krummen Dächer mit ihrer, wie ich glauben will, jahrhundertealten Patina, die kleinen, erleuchteten Fenster, wie treuherzige Augen auf mich gerichtet; ein Kind wünschte ich mir zur Seite in jenem Augenblick, dem ich meine Träumelandschaft hätte zeigen können. Es ist Zeit, zurückzufinden in den Nebel und aus ihm heraus. Ich gehe nach Hause wie blind in der bleiernen Feuchte. Ich drücke meine Nase an unsere Fensterscheibe, ich sehe M. am Tisch sitzen, im Lichtkegel der Lampe über ein Buch gebeugt. Er öffnet mir die schwere, niedere Holztür. Ein froher Augenblick. Das ist das Glück, vielleicht. Es hält nicht an. Wir sind auf glückliche Augenblicke eingerichtet, nicht auf glückliche Zeiten. Mein Bruder hat Wasser im Bauch und im linken Bein, das sieht aus wie von einem Elefanten, das rechte hingegen wie ein abgenagter Hundeknochen. So habe er sich selbst ausgedrückt, erzählte meine Mutter am Telefon, während ich meinen Spaziergang machte. Das Wasser werde ihm wieder abgelassen, es kullere in seinem Bauch wie Wackersteine. Und sonst, frage ich, wie geht es ihm sonst? Immer gleich, nur daß er immer schwächer werde. Und Schmerzen? Keine Schmerzen. Gott sei Dank, sage ich. Und vielleicht sogar guter Dinge, euphorisch durch das Morphium? Er sei nur noch ein Skelett. Ich muß wohl hinfahren? Ich werde bald kommen, hat M. meiner Mutter in Aussicht gestellt. Nach Weihnachten. Dann käme ich noch zurecht.

Mit zehn Jahren habe ich meinen Vater und Frau Schatz verloren. Welcher Todesfall kam zuerst? Ich meine, daß ich auch zu ihrem Begräbnis den blauen Mantel trug, den ich zum Tod des Vaters genäht bekommen hatte. An sie würde sich Willi nur ungenau erinnern. Frau Schatz liebte nur mich. Den niedlichen, blondlockigen Knaben beachtete sie nicht. Mich barg sie in ihren säuerlich riechenden Kittelschürzen, mich umfing sie mit ihren mürben Altfrauenarmen, mir steckte sie Schokolade und Bonbons zu, eine rare Köstlichkeit in jenen Nachkriegsjahren, und niemals meinem Bruder. Ich wußte, daß ich bei Frau Schatz keine Konkurrenz, keine sich vor mir behauptenden Blutsbande zu fürchten hatte. Ich liebte es, sie zu quälen. Ich stellte ihre Zuneigung auf die Probe. Ich stieß sie zurück, ich ließ sie warten, die Kurzatmige mußte hinter mir herlaufen, mir Angebote machen, ich genoß ihre Freude, wenn ich es ihr schließlich erlaubte, mich wieder in die Arme zu nehmen. Über sie hatte ich Macht, ich kostete sie aus. Sie wohnte nebenan. Ich erinnere mich, daß sie einen verwachsenen Daumen hatte, wulstig und vernarbt, das kam vom *Fingerwurm*. Sie war eine alte Frau mit langen Röcken und einem weichen, faltigen Gesicht. Nie sah ich sie ohne blaue Kattunschürzen, ihre schlaffen Brüste hingen bis zur Taille, die gelblichgrauen Haare trug sie in einem geflochtenen Knoten im Nacken zusammengesteckt. Ihre Stimme habe ich nicht mehr im Ohr. Die Frau kam stets besorgt an mein Bett geeilt, wenn ich krank war. Ich wartete auf sie. Sie brachte Schokolade mit und Bonbons. Damit, das wußte sie, war ich immer zu erfreuen.

Einmal gefiel es mir, sie nicht zu beachten. Ich zeigte ihr den Rücken. Sie schmeichelte und lockte, strich über meinen Haarschopf, ich verkroch mich nur um so trotziger unter meiner Bettdecke. Schließlich gab sie auf. Sie legte die Schokolade, diese Kostbarkeit, vor mein mürrisch abgewandtes Gesicht und ging. Ich habe die Frau nie mehr wieder gesehen; denn als ich nach einer alltäglichen Erkältung aufstand, hieß es, daß *sie* krank zu Bett liege. Sie frage nach mir. Besuch sie doch, forderte mich Mutter auf. Erst als ich erfuhr, daß sie im Krankenhaus sei, wollte ich sie wiedersehen. Nicht zum Wochenende, sagte meine Mutter, da kommen die Verwandten, da dürfen wir nicht stören. Aber am Montag war Frau Schatz tot. Ich konnte lange nicht aufhören, um sie zu trauern. Nicht nur den Menschen vermißte ich, auch die Küche mit dem Kanapee, auf dem zum Schutz des Bezugsstoffes mehrere Decken in verschiedenen Farben und Mustern gebreitet lagen, auf die ich mich kauerte und wo ich die Stoffschichten durcheinanderbrachte, die Frau Schatz hinterher wieder glättete. Der Küchenkasten mit den zahlreichen Lädchen für Mehl, für Zukker, Grieß und Erbsen fehlte mir. Erst recht der kleine Schrank, in dem sie für mich Schleckereien sammelte und aufbewahrte. Der vor allem. Ich war eine schlechte Esserin. Ich würgte unter Aufsicht an den Speisen und nur bis das Hungergefühl betäubt war, nie aß ich mich satt. Nach den Mahlzeiten schlich ich zu Frau Schatz, die fütterte mich mit großen, braunklebrigen Malzzukkerln, die ich, auf dem Kanapee hockend, lutschte. Ohne sie werde ich verhungern, dachte das Kind. Meiner Mutter verzieh ich lange nicht, daß sie mit mir den Gang ins Krankenhaus an jenem Wochenende, an dem ich meine Frau noch am Leben getroffen hätte, nicht gemacht hatte. Später sprach ich mich selbst schuldig und trug ihr meine Liebe auf den Friedhof nach.

12

Der Schnee ist von den Metereologen angekündigt worden und überrascht uns doch. »Weiße Weihnachten«, das gibt Gesprächsstoff beim Einkaufen, selbst den Wurstverkäuferinnen ist dieser Wetterumschwung, der von geradezu mystischer Qualität zu sein scheint, einige Bemerkungen wert. Die braunen Wiesen sind zugedeckt, die kahlen Äste zärtlichweiß umpolstert, das Morbide der Landschaft über Nacht hinweggehext. Es schneit weiter. Bald wünschen wir uns ein Ende der Schneefälle, die das Vorwärtskommen erschweren und Bäume und Sträucher zu Boden drücken. Nach drei Tagen hört es auf, die Sonne erzeugt das bekannte Gleißen und Glitzern, und wir hoffen, daß das Wetter noch die wenigen Tage bis Weihnachten so bleibt. Mein Bruder notiert täglich seinen Stuhlgang. Es beruhigt ihn, daß er regelmäßig ist, meine Mutter sagt, mit von Entsetzen und Ratlosigkeit tauber Stimme: Aber der Kot ist ganz weiß. Weiß? frage ich mit gleicher entsetzter Ratlosigkeit zurück und sehe aus dem Fenster in den Schnee, doch weiß ist nicht weiß, schneeweiß, kotweiß, ich ziehe mein *Klinisches Wörterbuch* zu Rate, es erklärt mir, fehlender Gallenfarbstoff rufe ein solches Phänomen hervor. Immerhin Stuhlgang und regelmäßig sogar, aber weiß. Das kommt vielleicht von den Bananen, die er ißt, rätselt meine Mutter. Er ißt ja fast nur noch Bananen und Biskotten. Warum fragt denn niemand den Arzt? Sie wollen die Wahrheit nicht wissen. Wenn alle die Augen vor dem Tod verschließen, denke ich, kommen wir nicht hinter sein Geheimnis. Der Todkranke weiß etwas, ich bin davon überzeugt, er würde es uns mitteilen, wenn wir uns die Augen öffnen ließen. Ich muß meinen Bruder noch am Leben antreffen, er hat mir vielleicht etwas mitzuteilen. Die richtigen Worte finden, die mir und ihm helfen könnten; die Quadratur des Kreises. Ich begänne ihn zu fragen: Erinnerst du dich, wie du versucht hast, mir den Rock 'n' Roll beizubringen? Wie ich den Rhythmus nicht begriff? Eine lächerliche Figur machte ich als deine Partnerin, als die ich mich dir aufdrängte, du hast dich meiner geschämt. Nie würde ich den Takt begreifen. Und gabst schließlich auf, dich mit mir abzumühen. Rock'n'Roll war etwas, das mein Bruder konnte und ich nicht. Das mußte ich erst verdauen. Oder daß er Louis Armstrong zu parodieren in der Lage war. Ich begann, ein wenig stolz auf meinen Bruder zu werden. Da er mein Bruder war, der jüngere, empfand ich ihn wohl beinahe als mein Geschöpf, mich als seinen Impresario. Würde ich ihm mit meinen alten Geschichten näherkommen? Würde er zu mir Vertrauen fassen; mir, seiner Schwester, als einzigem Menschen so tief vertrauen, nur weil wir zusammen eine gemeinsame Kindheit und Pubertät heraufrufen konnten? Vertraut werden und mich fragen, was er niemanden mehr zu fragen wagte: Muß ich sterben? Und ich würde sagen: Ja. Und ich würde ihn beobachten und ihn fragen: Wie schmeckt die Todesangst? Oder gehst du frohgemut ins Nichts? Würdest du wohl gar nach einem Pfarrer verlangen? Der dir dieses Nichts salben und mit Hoffnung füllen könnte? Ich brauche deine Antworten, Bruder. Nein, du würdest nichts sagen, nicht zu mir. Unsere gemeinsamen Kindheitserinnerungen, unser Aufenthalt im selben Mutterschoß würden nicht ausreichen. Wir sind schon längst getrennte Wege gegangen. Wir hatten uns fast aus den Augen verloren und wußten nichts mehr voneinander. Du würdest meine Bedürfnisse belächeln, kenntest du sie, sie wären dir fremd. Schließlich ist es die Krankheit, die deinen Körper dem »heillosen Schmerz« auslieferte, die mich wieder an dich denken läßt.

Ich darf mich vom Sterben meines Bruders nicht so sehr tangieren lassen, sage ich mir heute, es ist der 23. Dezember. Wir müssen uns den Weg freischaufeln. Da habe ich frische Luft und bald auch einen kurzen Atem; der Wind pfeift mir in den Nacken oder wischt mir ins Gesicht. Das Kreuz tut mir weh, und auch die Arme werden mich morgen schmerzen. Ich nehme mich zusammen, denn meine Beschwerden sind nichts gegen die Leiden meines Bruders, an den ich nicht mehr so oft denken will. Ich habe also nicht zu klagen. Ich schaufle weiter. Nicht nachdenken.

Ich befürchte einen Anruf aus Österreich. Zwar ist der Strom ausgefallen, wir sind eingeschneit, das könnte behaglich sein, bedrückt uns aber, wir behelfen uns mit Kerzenlicht. Das Feuer im Ofen knistert, an Wärme fehlt es uns nicht. Die Telefonleitungen sind intakt, die laufen unter der Erde. Wir können uns also mit der Außenwelt in Verbindung setzen, wenn wir wollen. Wir vermissen das Radio. Keine Nachrichten erreichen uns. Das ganze Dorf ist ohne Strom. Was machen sie in den Gasthäusern, wo die Gänse nicht gar werden und die Gäste hungrig bleiben? Wir könnten uns Märchen erzählen, danach ist uns nicht zumute heute, am Heiligen Abend, in dieser Stillen Nacht; Gott sei Dank, sagst du, bleibt er uns diesmal erspart, dieser schleimige Ohrwurm aus Österreich, dieses *Stille Nacht, Heilige Nacht,* wir hören und sehen nichts, nur die Kerzen, wie sie flackern und dabei ganz leise seufzen, und dann das Telefon, das schrillt uns heraus aus unserer bänglichen Zweisamkeit. Ein frohes Weihnachtsfest wünscht man uns, wir wünschen zurück. Mein Bruder, mein Bruder, nein, nicht gestorben, noch hinsiechend, doch ohne Schmerzen, mit Morphium gut versorgt, immerhin, er fragt nach mir, alle will er uns um sich haben, auch den Schwager und die Schwägerin, er zählt die Häupter, die ihn umgeben, es könnten mehr sein. Aber er ist ja schon so schwach, sagt meine Mutter, kaum daß er noch gestützt auf die Hanna, die Hanna kennt ja die Handgriffe, aufs Klo geht. Und Stuhlgang hat er regelmäßig, immer noch, denke ich, den trägt er ein. Jetzt hat er auch Fieber. Das scheint ihn zu beruhigen, Fieber ist etwas, das man kennt und das man schon unzählige Male besiegt hat. An Fieber ist man schon von Kind an gewöhnt. Das führt nicht zum Tode, sondern ist das Zeichen für einen Kampf, den der Körper gegen die Krankheit führt. Fieber erklärt vieles, auch die Schwäche. Das sage ich meiner Mutter. Die schüttelt den Kopf, das kann ich nicht sehen, aber ich fühle es. Er ist nur noch Haut und Knochen. Mein Gott! Vom Sich-Erschießen redet er nicht mehr, sondern vom nächsten Schiurlaub im Februar, wenn ich dann wieder kräftiger bin. Das sagt er. Bei uns liegt kein Schnee, nein, auch haben wir keinen Stromausfall. Wir hören die Nachrichten und sehen fern. Der Willi nicht, nein, der macht immer die Augen zu und schläft ein, mit offenem Mund, da klappen ihm die Zähne herunter.

Plötzlich geht das Licht wieder an, nach drei Stunden Kerzenlicht mischt sich in die Erleichterung auch ein wenig Enttäuschung. Jetzt hätten wir es auch bis morgen früh in der Dunkelheit ausgehalten. Beinahe hätten wir die Bescherung vergessen, die Päckchen liegen noch unversehrt. Bekommen wir, was wir uns gewünscht haben? Das Geheimnisvollste ist die Verpackung. Die üppigen Schleifen, die kostbar schimmernde Goldfolie, die raffinierten Verschnürungen, die M. hinterher sorgfältig aufdröselt und glattstreicht und aufhebt für nächstes Jahr.

Wir haben einander beschenkt, sind reich beschenkt, sitzen nebeneinander und hören von einer Platte das Weihnachtsoratorium von Bach, ich habe meinen Kopf auf M.s Schulter gelegt, das ist unbequem, davon bekomme ich einen steifen Nacken, aber erst morgen, heute und jetzt lasse ich es mir wohlsein und habe gleich ein schlechtes Gewissen, weil mein Bruder auf den Tod krank ist und siech und nur noch ein Gerippe. Der Tod ist in das Gehege meiner Blutsverwandten eingedrungen. Daß ich sterblich bin, auch ich, warum mein Bruder, wenn mein Bruder dann auch ich, die Familie wenigstens soll unversehrt bleiben, man stirbt täglich und stündlich, aber außerhalb, weit hinten in der Türkei, es geht einen nichts an, es stirbt ein *Man*.

Du sollst den Fernseher nicht einschalten, das ist das elfte Gebot. Dann entgehst du nicht nur den Talkshows, den Volksverdummern, auch die Blutströme von Sarajewo und Afghanistan, von Somalia und Kurdistan... fließen an dir nicht vorüber. Ich habe genug mit dem Leiden und Sterben meines Bruders zu tun, ich kann nicht auch noch die Hingeschlachteten der Welt zu mir ins Haus und Herz holen, ich schirme mich ab. M. sagt, es gibt wieder Brände, Erdbeben und Zugunglücke, Überschwemmungen. Menschen haben ihre gesamte Habe, Menschen ihr Leben verloren, einer verlor seine Katze im brennenden Haus; er wollte sie retten und verbrannte mit ihr, das könnte rührend sein, macht mich aber wütend, warum rennt dieser Trottel der Katze hinterher, es könnte ein Umgekommener weniger sein. Ich lese eine schöne Geschichte in der Zeitung, die paßt in die Weihnachtszeit: zwei Obdachlose retten eine Selbstmörderin, eine mit ›Schmuck behangene Hausfrau‹, aus der Isar bei eigener Lebensgefahr. Springen in den eiskalten, reißenden Fluß und ziehen die Frau ans Ufer, decken die Schlotternde mit ihren Schlafsäcken zu. Es gibt im Nu einen Menschenauflauf, die Neugier ist groß, die Hilfsbereitschaft klein, sagen die beiden Obdachlosen, die unter der Brücke wohnen, von der die Frau gesprungen war, die Lebensretter erhalten von der Polizei eine Flasche Cognac, damit können sie sich einheizen.

Komm mit vors Haus in dieser heiligen Nacht. Das haben wir uns zur Gewohnheit gemacht, stellen uns unter den gestirnten Himmel. Der ist heute nicht zu sehen, es schneit.

13

Es schneit auch am ersten Weihnachtsfeiertag, wir schaufeln uns die Einfahrt frei, vielleicht bekommen wir Besuch. Doch bei diesem Wetter geht keiner aus dem Haus, der nicht muß. Sie haben uns heute aus Österreich nicht angerufen, sagen wir zueinander, als wir zu Bett gehen, auch wir haben uns gehütet, etwas wissen zu wollen.

Am zweiten Weihnachtsfeiertag scheint die Sonne. Ohne Sonnenbrillen kann man nicht aus dem Haus gehen, das Gleißen der Schneekristalle macht einen blind. Aus Österreich höre ich, daß es dort, wo meine Mutter lebt und mein Bruder stirbt, keinen Schnee gibt, sondern Hochnebel und Kälte. Wir tauschen unsere Wetterlagen aus. Über den Bruder gibt es nichts Neues zu berichten. Meine Mutter zweifelt immer mehr daran, ob das bei ihrem Sohn noch gut werden kann. Daß sie noch fragen kann, wundert mich und macht mich sogar wütend. Kann denn niemand die Wahrheit ertragen? Ich möchte sie ihr ins Ohr schreien: Er stirbt, es gibt keine Hoffnung mehr. Wir müssen ihm helfen zu sterben, damit uns geholfen wird. Doch ich schweige, nein, ich spreche, auch ich spreche von Hoffnung, die nicht aufzugeben sei. Sie sagt: Komm doch, er fragt nach dir. Das schmeichelt mir, vielleicht habe ich eine Aufgabe an seinem Sterbelager zu erfüllen. Doch nicht vor Neujahr, sage ich. Im Jänner meinetwegen, da komme ich. In Gottes Namen, sagt meine Mutter.

Am 31. Dezember läßt man im Fernsehen, im Radio, in den Zeitungen und den Journalen das abgelaufene Jahr noch einmal vor den Augen der Zeitgenossen passieren. Ich staune, was alles drin war in diesen vergangenen 365 Tagen, wie viele Tote, wieviel Blut und wieviel neues Leben. Und wie schlecht das Gedächtnis des einzelnen ist. Wie gut, daß unserem Erinnern die ›Medien‹ auf die Beine helfen. Was gab es im vergangenen Jahr? Der schottische Bischof George Sessford, lese ich, trat von seinem Amt aus Protest gegen die Zulassung von Frauen zum Priesteramt zurück. Vier Jugendliche schlugen in Eisenhüttenstadt einen chinesischen Asylbewerber mit Baseballschlägern zusammen. Mehr als 22000 Rentner aus Mecklenburg-Vorpommern bekamen über ein Jahr lang keine Rente, weil ihre Anträge nicht bearbeitet wurden. Aus Angst vor einem Überfall durch Skinheads sprangen acht Asylbewerber aus dem Fenster ihrer Unterkunft. Ein neunjähriges Mädchen ertrank in einem Erholungspark bei Den Haag, während zweihundert Menschen tatenlos zuschauten. Bei einem Brandanschlag wurden in Köln drei türkische Bürger verletzt. Eine Arbeitsgruppe der EG schätzte, daß in Bosnien-Herzegowina mehr als 20 000 Frauen und Mädchen vergewaltigt wurden. Andere Quellen sprachen von bis zu 60000 Vergewaltigungsopfern. Nach den Recherchen eines New Yorker Journalisten sollen auch UNO-Soldaten an Vergewaltigungen beteiligt gewesen sein. Ein 25jähriger aus Witten tötete drei Kinder. Flüchtlinge aus

Bosnien berichteten über schwere Folter in serbischen Lagern. EuroDisney in Frankreich verzeichnete einen Jahresverlust von 901 Millionen Dollar. Experten der »Ötzi«Forschung entdeckten den Penis der fünftausend Jahre alten Gletscherleiche. Die Forscher erhielten mehrere Angebote von Frauen, die mit »Ötzi«Samen befruchtet werden wollten. Die Nachfrage nach schußsicheren Westen stieg. Zwei 14jährige Schüler gestanden, einen jüdischen Friedhof verwüstet zu haben. Der österreichische Kurienkardinal Alfons Stickler nannte die Todesstrafe eine »von Gott der weltlich-staatlichen Obrigkeit gegebene Vollmacht«. Bei einem Brandanschlag auf ein von Türken bewohntes Haus in Solingen starben fünf Frauen und Mädchen. Die Amerikanerin Lorena Bobbitt schnitt ihrem schlafenden Ehemann den Penis ab, nachdem er sie, wie sie später erklärte, zum wiederholten Male vergewaltigt hatte. Chirurgen nähten das abgetrennte Organ wieder an. Im rheinlandpfälzischen Frankenthal wurde ein schlafender Obdachloser angezündet. In Pilsen floh ein Mädchen vor Skinheads und sprang aus einer fahrenden Straßenbahn. Sie starb dabei. »Ich glaube, die Entwicklung rechtsextremer Gruppierungen ist eine Antwort auf die Vernachlässigung des Nationalen durch uns alle«, sagte ein deutscher Intellektueller. Und so weiter.

Soviel habe ich behalten. Es ist nur ein Nachrichtentröpfchen im Meer der Ereignisse. Was in einem Jahr alles Platz hat! Wo bleibt denn hier das Positive? Daß EuroDisney Verluste macht? Das macht einen ja auch nur schadenfroh. Aber die Sache mit dem Penis, die gefällt mir. Wenn so etwas Schule macht! Oder sogar im Gesetz, will sagen im Strafgesetz verankert wird als Strafandrohung: Männern, die Frauen vergewaltigen, sei der Penis abzuschneiden und nicht mehr wieder anzunähen. Vielleicht sähe auch darin der Kurienkardinal Stickler eine als »von Gott der weltlich-staatlichen Obrigkeit gegebene Vollmacht«. Da hätte die Obrigkeit zu tun. Das sage ich lieber nicht laut. Wir wollen ja in Stimmung kommen. Das Telefon wird nicht mehr klingeln, ich habe schon am Nachmittag mit meiner Mutter, mit meiner Schwester und mit Pia über meinen Bruder gesprochen. Pia sagte, daß Willi heute wieder gehorsam eine zerdrückte Banane gegessen, vielmehr hinuntergewürgt und Raunersaft getrunken und hinterher eine Zigarette zur Hälfte geraucht habe. Um die Zigarette habe er sie angebettelt, sie habe schließlich das Herz nicht mehr gehabt, sie ihm abzuschlagen, obwohl der Arzt natürlich das Rauchen verboten habe; die Zigarette habe meinem Bruder dann gar nicht geschmeckt. Deswegen sei er ganz traurig geworden; bald aber sei er eingeschlafen. Er schlafe jetzt ziemlich viel. Jedenfalls habe er meistens die Augen geschlossen, aber sein Schlaf sei sehr leicht. Oft schrecke er auf. Sie sagte: Er will nicht mehr allein sein. Ich muß aber wieder in die Kanzlei. Die Hanna ist bei ihm und Lizzi, seine Schwester. Mama kann ihm nicht helfen, wenn er aufs Klo muß. Er vermag fast keinen Schritt mehr vor den anderen zu setzen, man muß ihn mehr tragen als stützen, dazu fehlt ihr die Kraft.

Du hast den Sekt schon aus dem Kühlschrank geholt

und lockerst den Korken. Um 24 Uhr beim Zeitzeichen aus dem Radio wird er mit einem leisen Blopp entstöpselt. Wir wünschen uns ein glückliches neues Jahr. Ich will mir rasch etwas wünschen, etwas, was nicht ganz so aussichtslos ist wie das Gesundwerden meines Bruders, ich wünsche es mir aber trotzdem, das Wunder. Wünschen kannst du dir, was du willst, sagte meine Mutter zu mir, als ich, das Kind, meine Wünsche ans Christkind aufzuzählen begann; und dabei lächelte sie, das Lächeln war etwas für Erwachsene, die geschult waren in Verzicht und Resignation, mir erschien es hinterhältig und gemein, es nahm mir fast jeden Mut zum Wünschen, denn da ich mir alles wünschen konnte oder durfte, war das Wünschen belanglos. Ich würde bekommen, was mir zustünde, nicht mehr und nicht weniger. Damit war meinem Wünschen jede Macht genommen. Seither wollte ich rasch erwachsen werden, ich nahm mir vor, mein eigener Wunscherfüller zu werden.

Es taut. In der Nacht hat es zu regnen begonnen. Der Schnee rutscht vom steilen Dach unseres Hauses, das hört sich an, als werde den Mauern ein dumpfer Schlag versetzt, die, das bilde ich mir vielleicht nur ein, leise erbeben. Auch in dem Dorf in Österreich, in dem ich erwartet werde, regnet es. Die Flüsse führen Hochwasser. Meine Mutter, die die deutsche Überschwemmungskatastrophe aus dem Fernsehapparat ans Bett zum Einschlafen geliefert bekommt, hat Angst, ich könnte auf meiner Fahrt zu ihr mit meinem Auto von einem der über die Ufer getretenen Flüsse erfaßt werden. Sie kann sich nicht vorstellen, daß irgend jemand in Deutschland noch auf dem Trockenen sitzt, wenn in den Fernsehnachrichten aus diesem Land von nichts als von Überschwemmungen die Rede ist und ganze Dörfer, ja Städte landunter gezeigt werden. Ich kann sie beruhigen. Das Hochwasser wird meine Reiseroute nicht beeinträchtigen. Sie glaubt mir halb, und halb ängstigt sie sich weiter. Ich aber habe hier noch alle Hände voll zu tun. Wir packen unsere Sachen. Ich ordne meinen Schreibtisch. Die Gepäckstücke stehen schon bereit. Vielleicht fahren wir aus dem Regen hinaus und in die Sonne. Das ist unwahrscheinlich, doch auch eine unsinnige Hoffnung ist als Krücke, den Abschied zu erleichtern, tauglich. Ich bin schon im Mantel, da klingelt das Telefon. Ich lasse das schwere Holztor ins Schloß fallen. Draußen bleibe ich auf der Schwelle stehen. Drinnen höre ich es weiter läuten. M. fährt das Auto aus der Garage. Ich steige ein.

14

Ich reise endlich ab. Ich winke aus dem geöffneten Wagenfenster, dann ist M. hinter der Wegbiegung verschwunden. Ich stelle mir vor, daß er nun zurück ins Haus geht und den Tisch abräumt. Ich schaue nach vorn und auf die Straße und das Auto vor mir und denke an das, was mich erwartet jenseits der Grenze. Doch das, worauf ich gefaßt sein muß, hat mit Grenze nichts zu tun und nichts mit Österreich. Krankheit, Sterben sind Privatsache und grenzübergreifend.

Das Dorf meiner Kindheit ist aus den Fugen geraten. Es gibt viele ruinierte Dörfer, manchen müßte man Tränen nachweinen. Mein Geburtsort gehört nicht zu ihnen. Hätte man den sanften Wasserspiegel eines Stausees über ihn gebreitet, könnte ich heute am Ufer stehen und mit einer gewissen *de mortuis nihil nisi bene* – Sentimentalität über die ausgelöschte Topographie meiner Kindheit räsonieren. Ich könnte mir ein Ruderboot mieten und damit auf den See hinausgleiten und versuchen, unter der weiten Wasserfläche mein Geburtshaus zu orten und an dem vermeintlichen Punkt die Ruder sinken und das Boot treiben zu lassen. Vielleicht ließe sich auch noch der Kirchturm finden, weil er bei besonderen Lichtverhältnissen aus der Tiefe des Wassers heraufblinken würde. Das hätte etwas Sagenhaftes und etwas von einem Fluch.

Ich wäre unter Wasser geboren, wäre eine Undine. Oder ich könnte mir meine Abstammung umschreiben, eine andere Geschlechterkette erfinden und mir Eltern in Wien oder Santiago denken. Ich hätte keinen sterbenden Bruder, vielleicht überhaupt keine Geschwister, vielleicht auch keine Eltern, ich wäre eine Vollwaise oder ein Findelkind. Ich wäre, ich könnte gar nicht mehr hierher unterwegs sein. Was habe ich denn eigentlich hier verloren? Die doppeltürmige Barockkirche mit der Klosteranlage, in der nun der Männerstrafvollzug eine Bleibe hat, ist äußerlich unangetastet. Der Fluß freilich, der an der Anlage in einem weiten Bogen vorbeirauschte, wurde zu einem Rinnsal ausgetrocknet, in dem sich Ratten tummeln. Es stinkt am ehemaligen Uferweg. Wir nannten ihn Promenade, er ist noch erhalten, die Weiden allerdings sind ausgerissen, aber Bänke gibt es noch, auf ihnen nimmt niemand mehr Platz. Hier saßen zu meiner Zeit Liebespärchen, und ich wünschte mich damals dorthin. Ich schwamm daran vorbei, der Fluß hatte Strudeln und Wellen, er führte manchmal Hochwasser, im Winter trieben Eisschollen auf ihm, und alle Menschengedenken war er zugefroren. Am anderen Ufer erstreckte sich ein Wäldchen, dahinter waren Felder und Wiesen, auf ihnen weideten im Sommer und Herbst Kühe, noch weiter weg, klein und spielzeughaft hockte ein Gehöft, das aus der Nähe ein ansehnlicher Vierkanthof war, das alles zeigte mir die Aussicht aus unserer Wohnung, das war das beste an dem Dorf, unsere Aussicht auf die Landschaft, die gab es noch, damals, hatte ich nicht doch eine glückliche Kindheit?

Der Fluß also ist gestaut, das ehemalige Flußbett zugeschüttet und zugebaut. Das Dorf bietet heute ein Schwimmbad, einen Tennisplatz, einen Fußballplatz, einen Kinderspielplatz, ein Schulzentrum, dazugehörige Parkplätze. Aus der Wohnung meiner Kindheit, die noch die Wohnung meiner Mutter ist, sehe ich nun auf die umzäunten Sport- und die dazugehörigen Parkplätze, ich sehe auch das Schulzentrum in Fertigbetonbauweise, und das Freibad. Ich sehe Asphalt und Mauern und dazwischen landschaftsgärtnerisch gestaltetes Grün. Hätte man doch besser das ganze Dorf überflutet, denke ich, aber das hat das »Barockjuwel« verhindert. Das ist ein zu schützendes Kulturgut und darf auch nicht bombardiert werden.

Ich stelle das Auto auf dem Parkplatz hinter dem Haus ab. Hier war einmal eine Grasfläche, auf der ich als Kind gespielt habe. Außer Häusern gibt es in diesem Dorf nur noch Straßen und Parkplätze. Auch der bescheidenste Grünstreifen wurde erbarmungslos ausgemerzt, jedes Wiesenstück mit Asphalt versiegelt. Selbst der Kirchplatz hat eine fugenlose Betondecke bekommen, der stattliche Lindenbaum, an dessen Duft ich mich noch erinnere, ist längst gefällt. Statt dessen gibt es jetzt einen Brunnen aus Stein, von einem zeitgenössischen Künstler mit neobarocker Einfassung und Heiligenstatue geschaffen. Immerhin, in Betonschalen kümmern Koniferen. Im Frühjahr vielleicht sogar Tulpen oder Stiefmütterchen? Meine Mutter steht am Fenster, sie hat sich schon die Augen nach mir ausgeschaut. Heute ist es für einen Besuch beim Bruder zu spät. Ich bin erschöpft von der langen Fahrt, mehr noch vom Ankommen. Der Jänner ist keine schöne Jahreszeit zum Verreisen. Es liegt kein Schnee. Das bedauert niemand, denn hier ist kein Wintersport zu betreiben. Meine Mutter hat das Essen seit Stunden für mich warm gehalten. Mir ist aber der Appetit vergangen, ich bin nur noch müde, ich will nur ans Telefon und M. anrufen, ihm sagen, daß ich gut angekommen bin, und seine Stimme hören. Er hat schon auf meinen Anruf gewartet. Ich entledige mich meiner Angst, die geht verloren im Äther. Was wäre, wenn ich keine Antwort erhielte, keine Verbindung zu ihm zustande käme? Ich stelle es mir für einen Augenblick vor.

Warum bist du von hier nicht weggegangen, Bruder? Sie sind alle hier geblieben, auch die Schwester, deren Kinder. Sie stellen sich Blumen auf den Balkon und ins Fenster. Die Gärten am Ortsrand sind streng umzäunt, am Tor empfangen dich die Gartenzwerge, die dich freundlich willkommen heißen. Die Menschen mustern dich finster. Während ich zum Essen genötigt werde, erzählt meine Mutter von den Verstorbenen der letzten Wochen, an die ich mich doch erinnern müßte. Ich erinnere mich nicht mehr. Nur durch Namen, die sie mir nennt, dringt aus der Tiefe meines Kindheitsgedächtnisses etwas Bekanntes herauf, wie ein Duft oder ein Klang. Meine Mutter weiß von den Abgeschiedenen das Alter und die Todeskrankheiten; keiner von ihnen sei so jung gewesen wie mein Bruder und so krank. Sie neidet den Verstorbenen ihre Lebensjahre. Von Willi gibt es nichts Neues. Von mir will ich nichts erzählen. Nach mir wird auch nicht gefragt. Es genügt, daß ich nicht klage. Meine Mutter hat das Bett für mich an ihrer Seite gerichtet. Ich bin froh, wenn sie das Licht löscht, wenn ich ins Dunkle starren und von meinem Gesicht die Maske abnehmen darf. Ich werde dann noch ein wenig an M. denken, unsere Gedanken werden sich nächtens treffen auf halbem Wege. Habe ich mich ausreichend vorbereitet auf die Begegnung mit meinem Bruder, dem ich etwas zu sagen haben sollte oder zu geben? Komme ich als Mitleidende oder als Chronistin; was will ich, etwas erfahren oder etwas erzählen? Hinter meinem Rücken können sie noch nicht tuscheln: Sie wird die nächsten zwei Wochen nicht überleben. Mein Ableben würde noch alle überraschen; auf den Tod meines Bruders wird schon gewartet. Wann wird er es endlich überstanden haben? fragen wir, während er selbst sich noch an jeden Lebenshalm klammert, den er zu fassen kriegt, den ihm unsere Lügen hinhalten. Unser Wissen verbergen wir auch zu unserem Nutz und Frommen. Was fingen wir mit der Verzweiflung des Totgesagten an? Ich glaube mich für diesen Fall gerüstet mit weisen Sprüchen, ich habe sie auswendig gelernt, für mich haben sie Erbauliches, Tröstendes, man könnte sie sogar mit Musik unterlegen, mit Kantaten, Motetten, auch eine Missa de Requiem mit Gregorianischem Choral böte sich an. Ich könnte etwas inszenieren, ein Ritual finden, meinem Bruder wäre geholfen und uns noch mehr, wir sähen, wie erhebend es sein kann, das Leben auszuhauchen: ein mystisches Entleiben. Ich könnte vorlesen, etwa »Der Herr ist mein Hirt«, oder »Aus der Tiefe ruf' ich, Herr, zu dir«. Oder ich könnte rezitieren:

»Bei dieser letzten Stunde zwischen uns und dem Tode, da gibt es keine Heuchelei mehr; da müssen wir unsere eigene Sprache sprechen und zeigen, ob wir etwas Gutes und Unverfälschtes im Grunde der Seele tragen. Denn erst dann dringt aus unserer Brust die wahre Stimme hervor, die Maske fällt, es bleibt das Ich.« Oder: »Gleichviel, wann und wo dein Leben endet, es ist ganz vollendet.« Oder: »Komm du Letzter, den ich anerkenne, ...« Ich traute mir schon zu, so ein Sterbeprogramm zusammenzustellen. Mit Kerzen und Stille und Kontemplation. Wir würden in einem Halbkreis um sein Bett sitzen, uns an den Händen halten, Pia, die seinem Herzen Nächststehende würde neben ihm sitzen und ihn nicht aus ihren Armen lassen. Willi würde uns ein Exempel geben, sein Vorsterben würde für uns den Maßstab setzen, ruhig folgten wir ihm nach zu gegebener Stunde. Wir unterschätzen die Macht des Rituals. Die Zeremonie ist ein Geleiter, sie ordnet das Chaos, sie schluckt die Angst. Das sind Nachtgedanken, ich werde sie tags den Meinen nicht plausibel machen können. Ich habe mich ihnen noch nie erklären können. Meine Mutter kann auch nicht schlafen, sie seufzt ein ums andere Mal, ich halte mich ganz still, daß sie annehmen muß, ich schliefe längst, sonst würde sie wieder anfangen, mit mir zu reden und vor mir ihre Verzweiflung auszubreiten, so lange, bis ich wieder zu lügen anfinge oder die Wahrheit zu sagen. Ich suche nach etwas zu Denkendem, das mich in den Schlaf brächte. Das müßte etwas Erfreuliches sein.

Meine Mutter ist sehr früh schon auf den Beinen. Ich

höre sie in der Küche rumoren, sie schabt Asche vom Rost und schiebt Scheite in den Herd. Bald höre ich das Knistern des Feuers durch die Tür. Ich habe das Vorgefühl wohliger Wärme, es erinnert mich an den großen grünen Kachelofen in dem kleinen Haus, nach dem ich mich sehne. Es erinnert mich aber auch an Augenblicke in meiner Kindheit, als ich, noch im Bett liegend, die Decke bis an die Ohren hochgezogen, das Knacken der Holzscheite im Ofen vernahm, die Mutter am Werk wußte und mich auf den duftenden Kakao in der bauchigen Tasse und auf die frischen Semmeln zum Frühstück freuen durfte. Geborgen in der Fürsorglichkeit. Die Verantwortung für das Gelingen meines Lebens aus meinen Händen genommen, mächtigen Erwachsenen anvertraut. Mein Bruder könnte eine ähnliche Erinnerung haben. Ich könnte ihn fragen, ob ihm das Wissen um das Feuer im Ofen, um die Mutter in der Küche und den gedeckten Frühstückstisch auch als etwas Angenehmes im Gedächtnis haften.

Das Frühstück schmeckt trotz der im Feuer knackenden Holzscheite nicht mehr so wie als Kind; der Kaffee bitter, die Semmeln altbacken. Meine Mutter knüllt ihr Taschentuch in der Hand und fährt mit der Faust auf dem Tisch hin und her. Manchmal wischt sie sich zwischen zwei Schlucken aus der Kaffeetasse mit dem Taschentuchknäuel über die Augen. Wir müssen uns bereit machen für den Besuch.

Zuerst noch ein Anruf, nachfragen, ob wir auch gelegen kommen. Meine Mutter antwortet fast flüsternd, achso, jaja, natürlich, mein Gott, ach Gott, als ob der

Todkranke neben ihr dahindöste. Ich glaube, dem Geflüster entnehmen zu können, daß wir nicht willkommen seien. Da ertappe ich mich dabei, erleichtert aufzuatmen. Ich gestehe mir endlich ein, mich vor der Begegnung mit meinem Bruder zu fürchten. Doch meine Mutter sagt, als sie den Hörer aufgelegt und sich geschneuzt hat: Wir dürfen kommen. Hanna sei bei ihm, er sei zwar gerade eingeschlafen, aber Willi wisse von meinem Hiersein und habe schon gestern nach mir verlangt. Das strafft mir das Rückgrat und verleiht mir eine windige Bedeutung, doch meinen Magen fühle ich wie auf der Hochschaubahn. Das fehlte mir noch, daß mir jetzt auch noch schlecht wird. Du bist ja ganz gelb im Gesicht, entsetzt sich meine Mutter, ist dir nicht gut? Es ist nichts, ich habe zuviel gefrühstückt, wahrscheinlich, es geht schon. Und es geht.

15

Der Weg ist mir bekannt. Der Hochnebel, der feuchte Wind, der uns um die Ohren pfeift, paßt zu meiner Stimmung. Die Menschen haben die Köpfe eingezogen, trotzdem wird meine Mutter von vielen gegrüßt. Sie wissen alle, daß sie einen todkranken Sohn hat, und fragen teilnehmend: Wie geht's ihm? Und meine Mutter zuckt mit den Schultern und drückt sich die Faust mit dem zerknüllten Taschentuch an die Augen: Mein Gott. Wir bleiben nicht stehen. Zu Fuß bin ich diese Straße lange nicht mehr gegangen. Jetzt fällt es mir auf, daß sich Haus an Haus drängt, Geschäfte mit großen Schaufenstern sich breitmachen. Und alles wirkt neu und wie gestern erst aus dem Boden gestampft. Ich erkenne nichts mehr; da ich jetzt seit Jahren wieder einmal die Augen in meinem Geburtsort aufmache und schaue, ist mir alles neu. Immerhin, das Mietshaus, in dem mein Bruder wohnt, ist unverändert, es steht seit Jahrzehnten hier, nur aus den Gärten vor dem langgestreckten Gebäude sind Parkplätze geworden, übriggeblieben ist nur der eiserne Gartenzaun, der dahinrostet. Ich bleibe hinter meiner Mutter zurück. Sie geht jetzt auch rascher, drückt die Klinke der Haustür nieder. Sie ist nicht versperrt, wir sind im Stiegenhaus. Die Häuser haben ihren eigenen Geruch, besonders die älteren, in denen die Leute wohnen bleiben, bis sie sterben. Das Stiegenhaus habe ich größer und heller in Erinnerung, aber den Geruch erkenne ich wieder. Hanna läßt uns ein. Sie hat meinen Bruder gerade aufs Klo gebracht und eilt gleich wieder zu ihm, weil er allein nicht mehr hochkommt. Wir ziehen uns unsere Mäntel aus und hängen sie auf die Haken. Meine Mutter sagt: Gehen wir in die Küche, bis er wieder im Bett ist. Es ist mir, als müßte ich hier auf Zehenspitzen gehen, als schliefe ein Säugling oder als käme ich zu spät in eine Theatervorstellung. Sie sagt zu mir, setz dich hin, sie tut, als müsse sie nun Pia, die Hausfrau, vertreten. Ich bleibe aber stehen. Meine Mutter seufzt unterdrückt. Ich habe meine Hände in den Hosentaschen gekrampft, in einer Hand knülle ich ein Taschentuch. Ich höre eine Tür, höre Hanna mit Willi reden, höre auch Willi antworten. Seine Stimme ist wiederzuerkennen auch in seinen einsilbigen Erwiderungen. Dann sehe ich meinen Bruder. Er hat seinen Arm um die Schulter der kleineren, stämmigen Hanna gelegt, die seine Hand gefaßt hat. Sie hält mit einem Arm seine Mitte umschlungen. So zieht oder schleift sie ihn den Gang entlang und auf uns zu. Mein Bruder scheint mir nun größer, als ich ihn in Erinnerung hatte. Sein Körper ist wie eine schwankende Latte, auf dem ein Kopf steckt. Ein Kopf, aus dem uns schon der Totenschädel entgegengrinst. Es sind die riesigsten Augen, die ich je gesehen habe, sie rollen wie Kugeln in den Augenhöhlen. Ich umarme dieses zerbrechliche Gestell. Als ich meine Wange an sein Gesicht drücke, spüre ich die schneidend scharfen Backenknochen. Er sagt, ja, ja. Und nickt. Da lasse ich von ihm ab, er wird von Hanna an mir vorbeigeschoben. Es darf nicht geweint werden. Willi darf keine Tränen sehen. Ich drücke mich rasch, als er vorbei ist, in eine Küchenecke und fange die Tränen in meinem Taschentuch auf. Ganz leise schneuze ich mich. Meine Mutter ist schon im Wohnzimmer, in dem mein Bruder tagsüber im Bett liegt. Ich muß ihr folgen. Es gilt nun, munter auf Willi zuzugehen und mit ihm zu reden, als sei nichts. Meine Mutter ruft mich, ihre Stimme ist kräftig, fast heiter. Sie hat es tatsächlich gelernt, sich zu verstellen. Plötzlich antworte ich, ich höre mich, ich komme schon, und erkenne meine Stimme nicht wieder. Sie klingt fremd, aber so wie es das Spiel verlangt. Als ich das Wohnzimmer betrete, bin ich auch innerlich gefaßt, und der Totenschädel meines Bruders, der auf dem Kopfkissen ruht, schreckt mich nicht mehr. Meine Mutter hat eine Strickerei aus ihrer Tasche hervorgezogen, ich bedauere, daß ich nichts Ähnliches dabei habe, um meine Hände zu beschäftigen. Willi hat die Augen wieder geschlossen, und wir schweigen. Hanna fragt uns flüsternd, ob wir Kaffee möchten oder Tee. Während Hanna den Raum wieder verläßt, öffnet Willi die Lider einen Spaltbreit, so daß nur das Weiße sichtbar wird, der Mund steht ihm offen und das Gebiß klappt herunter. Ich schaudere und möchte doch hin zu ihm und ihn streicheln. Das wage ich aber nicht, das ist er nur von Pia gewöhnt. Meine Mutter und ich schauen uns an. Wir haben Pause und rüsten uns für den nächsten Auftritt. Mein Bruder schläft nicht. Er schlägt die Augen wieder auf, schaut seine Mutter und mich nacheinander an, nickt wieder, seufzt ein wenig und sucht sich in seinem

Bett zurechtzurücken. Hanna ist mit den Getränken da und fragt Willi, willst du dich ein wenig aufsetzen? Das mag er, dann schichtet sie ihm noch ein Kissen unter den Kopf. Er hat uns nun besser im Blick. Später stehst du vielleicht auf und setzt dich zu uns an den Tisch, sagt sie zu ihm. Wie spät ist es, fragt mein Bruder. Meine Mutter und ich schauen beflissen auf die Uhr und wollen schon die Zeit sagen. Hanna aber sagt statt dessen, die Pia komme in eineinhalb Stunden. Willi nickt und schließt ganz kurz die Augen. Hanna fragt meine Mutter, ob sie schon wisse, daß der Max Schmid die Grete Weisshappel heirate. Meine Mutter wußte es schon, sie tat aber, als sei es eine Neuigkeit. Auf diese Weise unterhalten sie meinen Bruder und lenken ihn ab. Sie erörtern, wie lange sich die beiden schon kennen, daß der Max zum zweiten Mal heiratet, und fragen sich, was aus seiner Geschiedenen geworden ist, die ist fesch und fleißig gewesen, hat aber offenbar keine Kinder bekommen können oder wollen. Die jetzige ist ja schon schwanger, gibt Hanna vor zu wissen. Aber geh, was du nicht sagst, tut meine Mutter, dann haben sie ja schon höchste Zeit zum Heiraten. Ja, im fünften Monat, behauptet Hanna. Ich beobachte Willi, er schaut uns prüfend an, er folgt dem Gespräch, als führe er Regie bei einer Theateraufführung. Manchmal nickt er. Hanna und meine Mutter tun, als gäbe es nichts Wichtigeres als diesen Dorfklatsch. Es gibt auch nichts Wichtigeres. Das ist es, was Willi noch interessiert. Meine Mutter und Hanna sind gut aufeinander eingespielt. Ich möchte auf anderes zu sprechen kommen. Von Willi möchte ich etwas erfahren, will er denn nichts mehr erzählen? Jetzt kommt bald die Pia heim, sagt Hanna und wendet sich Willi zu, willst du aus dem Bett und zu uns an den Tisch kommen? Sie hilft ihm aus dem Bett. Die Pyjamahose rutscht ihm die Beine hinauf. Ein Bein ist nur noch Haut und Knochen und das andere unförmig wie das von einem Elefanten, darüber spannt sich die Haut wie Seide. Der Fuß findet in dem Hausschlapfen fast nicht Platz. Der Arzt wird kommen und ihm wieder entwässernde Medikamente geben. Die helfen nicht lange, sie gehen außerdem aufs Herz, man darf damit nicht übertreiben, meine der Arzt, sagt Hanna. Willi hebt das dürre Bein ein wenig an und sagt: Wie ein abgenagter Hundeknochen. Und nickt dann wieder. Was sagen wir da? Wir versuchen zu lachen, als habe er einen Witz gemacht. Mir läuft es eisig den Rücken hinunter. Dann sitzt er mir gegenüber, und ich kann mich nicht sattsehen an diesem schaurigen Schädel, der meinem Bruder gehört, und dessen Todesphysiognomie doch noch seine unverwechselbaren Züge trägt. Willi verlangt eine Zigarette und ein Glas Bier. Der Arzt sieht es nicht gern, wenn er raucht, aber Hanna kann ihm nichts mehr abschlagen. Also bringt sie eine Schachtel Zigaretten herbei. Willi steckt sich eine Zigarette in den Mund, entzündet sie und zieht den Rauch tief ein. Ich betrachte ihn. Es sind seine Augen, die sich am meisten verändert haben. Als seien sie Kugeln, die lose in den Augenhöhlen rollten. Früher hatte Willi Tränensäcke und dicke Lider, hinter denen sich seine Augen klein machten. Nun waren sie riesengroß und sahen aus, als habe sich ihr Ausdruck in einem Moment des Entsetzens versteinert. Ich möchte mit ihm reden. Er sieht ein wenig entspannt aus. Oder scheint es nur so, weil er sich eingequalmt hat und so ein wenig vertrauter auf mich wirkt? Erinnerst du dich noch, frage ich ihn, wie du versucht hast, mir Rock'n'Roll beizubringen. Ich habe den Rhythmus nicht kapiert. Du warst ein Naturtalent. Er nickt. Ja, ja. Dann schweigt er und schaut uns alle der Reihe nach an. Wo ist die Lizzi? fragt er. Sie kommt morgen, versichert meine Mutter, heute ist sie zum Geburtstagskaffee bei der Nachbarin eingeladen. Wieder nickt Willi und zieht an seiner Zigarette. Wo ist dein Humor hingekommen, deine leisen Anspielungen, deine Ironie? Ich möchte dich noch einmal zum Lachen bringen oder dir wenigstens ein kleines Lächeln abringen. Ich mache mich auf die Suche nach Anekdotischem aus unserer Kinder- und Jugendzeit. Hanna fragt ihn, geht es noch oder willst du wieder ins Bett? Willi drückt die Zigarette aus, sie ist erst halb geraucht, und nickt. An seinem Bier hat er kaum genippt. Es schmeckt dir ja gar nicht, sagt Hanna halb vorwurfsvoll, halb befriedigt, und trotzdem willst du immer wieder rauchen. Das ist dir gar nicht gesund. Er braucht das Ritual, denke ich, da fühlt er sich noch ein wenig dem Leben zugehörig, wie er es früher führte. Wir, die nächsten Verwandten, sind nun sein Stammtisch. Er zählt uns ab, er wünscht uns vollzählig. An seinem Wirtshausstammtisch saßen nur Männer; hier an seinem Sterbelager sitzen wir Frauen. Der Mann meiner Schwester kommt nicht, weil er seinen Anblick nicht mehr erträgt. Er läßt sich immer entschuldigen. Nun fragt Willi nicht mehr nach ihm. Ich werde seinen armen Totenkopf im Traume sehen und aufschreien, aber hier im Wachen bei ihm bin ich fast froh. Ich beginne trotz meines Wissens und des Augenscheins wieder für ihn zu hoffen. Wir sprechen nun von der Zukunft. Willi fragt nach M. Dann fällt ihm ein, daß er seinen Schiurlaub abmelden muß. Er wird aufgeregt auf eine müde Art. Hanna beruhigt ihn, die Pia wirds schon machen. Der Schiurlaub war für Ende Februar geplant. Ich weiß, daß Pia ihn längst abgemeldet hat und sage, sei nicht so voreilig, bis dahin vergehen noch Wochen, in dieser Zeit kannst du längst wieder auf den Beinen sein. Vielleicht daß du noch nicht kräftig genug zum Schifahren bist, aber die frische Luft in Saalfelden wird dir gut tun. Übertreibe ich jetzt zu sehr? Zuckt er zusammen und meint sich von mir gefoppt? Und die anderen? Sind sie entsetzt über mich? Willi richtet seine großen Augäpfel auf mich, in denen eine so fürchterliche Einsamkeit eist, daß es mich friert in meiner Brust, und doch glaube ich für den Bruchteil einer Sekunde ein Flämmchen in seinem Blick aufzucken zu sehen bei meiner verwerflichen Schönrederei. Und auch die anderen nicken zu meinen geschmacklosen Verheißungen, als hätte ich hier das Sagen. Und kann ich es fassen? Mir wird immer wohler, ich wundere mich nicht über mich, die ich doch gekommen war, meinem Bruder das Sterben beizubringen. Oder was hatte ich im Sinn?

Wir hören eine Tür gehen. Willis Gesicht wird aufmerksam. Er hebt den Kopf. Pia ist gekommen. Willi läßt sich wieder ins Kissen zurückfallen, schließt kurz die Augen. Pia geht an sein Bett und spricht leise mit ihm. Er nickt und brummt etwas. Sie streicht ihm noch über die Hand und begrüßt uns dann. Sie lächelt und tut heiter, fragt mich, wie die Autofahrt verlaufen sei, und setzt sich an Willis Bett, der nun den Blick fast nicht mehr von ihr läßt. Er will nichts essen, klagt Hanna. Nicht einmal eine zerdrückte Banane mit Biskotten. Aber, wundert sich Pia, du mußt doch essen, das hat der Doktor auch gesagt. Willi wendet sich angeekelt ab. Bald wird der Doktor da sein, der wird keine Freude mit dir haben, sagt sie. Dann fällt meiner Mutter etwas ein über die Notwendigkeit, tüchtig zu essen, damit man wieder zu Kräften komme, ich habe auch eine ähnliche Weisheit bereit. Bald klingelt es an der Tür, es ist tatsächlich der Arzt, der jeden Tag nach meinem Bruder schaut. Er ist laut und fröhlich, begrüßt uns der Reihe nach, erinnert sich meiner noch als Kind, lange habe er mich nicht gesehen, wie es mir gehe, gut gehalten hätte ich mich. Hanna bietet ihm Kaffee an, den lehnt er dankend ab und wendet sich endlich Willi zu. Na, Herr Zirnsack, wie gehts uns heute? Willi, von dem keine Antwort erwartet wird, hebt auch nur die Arme ein wenig. Essen? fragt der Arzt. Keinen Bissen heute, berichtet Hanna besorgt. Aber Herr Zirnsack, wie sollen wir da wieder gesund werden? Pia bringt rasch eine zerdrückte Banane in einer Schale herbei. Der Arzt untersucht Willis aufgequollenen Bauch und das Elefantenbein. Das Wasser müssen wir noch wegbringen, sagt Dr. Rastl leichthin. Und jetzt essen wir einmal, Herr Zirnsack. Er nimmt Pia die Schale mit der zerdrückten Banane aus der Hand und reicht sie Willi. Hanna schiebt ihm das Kissen zurecht, und Willi beginnt gehorsam zu essen. Ganz langsam soll er essen, befiehlt der Arzt, und gut kauen. Gut gekaut ist halb verdaut, sagt meine Mutter. Willi beginnt zu kauen. Er konzentriert sich auf die Nahrungsaufnahme. Der Arzt feuert ihn noch einmal an: Nur so weiter. Dann verabschiedet er sich bis morgen. Pia bringt ihn an die Tür. Solange sie weg ist, hört Willi mit dem Kauen auf. Er lauscht, er wartet. Pia ist gleich wieder hier. Sie wagt es nicht, mit dem Arzt an der Tür zu sprechen, das würde Willi mißtrauisch machen. Sie ruft den Doktor aus der Kanzlei an, wenn sie etwas wissen will. Inzwischen will sie aber nichts mehr wissen. Sie weiß genug. Willi hat seine Schüssel leergelöffelt, er hält sie Pia wortlos hin; nun wird er gelobt. Meine Mutter, Hanna und ich stimmen mit ein. Dann legt er sich zurück, die Kissen werden ihm zurechtgerückt, und er schließt die Augen. Wir unterhalten uns weiter, unser Gemurmel behagt ihm. Wir dürfen über alles sprechen, nur nicht über den Tod, denn da fühlt er sich selbst gemeint. Über Kranke, die endlich wieder gesund geworden sind, über Geburten und Möbeleinrichtungen, ja auch über Strickmuster und Kochrezepte. Die Themen gehen uns noch nicht aus. Willi liegt da mit offenem Mund, wieder ist ihm die Zahnprothese auf die Unterlippe gerutscht, und die Lider sind bis auf einen Schlitz geschlossen. Er sieht aus wie tot und erinnert mich an den grausig präparierten, zähnefletschenden und aus eingesetzten Glaskugeln starrenden Leichnam des exekutierten Kaisers Maximilian, dessen Fotografie seinerzeit als Postkarte versandt wurde. Hanna muß sich verabschieden, um das Abendessen für sich und ihren Mann vorzubereiten. Meine Mutter und ich wollen auch gehen. Wir drücken noch Willis Hände, der seine Augen aufschlägt und verwirrt um sich blickt. Im Vorzimmer beißen wir uns auf die Lippen und wischen uns rasch die Tränen aus den Augen. Auf der Straße haben wir uns schon wieder gefaßt, aber der Druck, der sich scheinbar gelockert hat, während wir an Willis Bett saßen, preßt uns nun wieder das Herz zusammen und die Kehle. Schweigend gehen meine Mutter und ich nach Hause. Aber wir müssen reden, bevor wir an unserer Angst ersticken. An unserer Todesangst, die wir auf uns nehmen, weil sie uns Willi nicht abnimmt. Er gibt uns kein gutes Sterbebeispiel, das bräuchten wir aber für unser Leben nach seinem Tod. Meine Mutter fängt an: Was sagst du nun? Schlecht, antworte ich. Ja, schlecht, sagt sie. Ich weiß nicht, ob das noch gut werden kann. Tja, sage ich. Ob er wieder wird, fragt sie, was meinst du? Nein, sage ich, wir sitzen am Tisch in der Küche, und ich lasse sie nicht aus den Augen, nein, er wird nicht mehr. Nicht mehr? fragt sie nun ungläubig. Nein, sage ich, er muß sterben. Er muß sterben, wiederholt sie. Er hat Krebs, sage ich. Sie starrt mich an und wiederholt: Krebs. Das sagt der Arzt, bestätige ich, wir wollten es dir nicht sagen, daß du dich nicht noch mehr grämst. Mein Gott, schluchzt sie, das habe ich geahnt, als das angefangen hat mit den Kreuzschmerzen, das ist mir alles schon vorgegangen, aber man will es doch nicht wahrhaben. Und keine Hoffnung? fragt sie. Keine, sage ich und weiß nicht, was ich sage. Hier endlich zwischen uns will ich diese Heuchelei, dieses unwürdige Sich-in-die-Augen-Lügen nicht mehr haben. Ich fühle eine befremdliche Genugtuung, das Unabänderliche beim Namen genannt zu haben. Wie lange noch? fragt sie mich, als sei ich auch der Vollstrecker des Todesurteils. Ich zucke die Achseln: Vierzehn Tage vielleicht. Meine Mutter starrt auf das Tischtuch und fährt mit dem Zeigefinger das Blattrankenmuster entlang. Sie sagt nichts mehr, sondern denkt wahrscheinlich: Vierzehn Tage, und kann mit der Zeit, die ich ihm gebe, nichts anfangen. Was wird in diesen zwei Wochen noch mit ihrem Sohn passieren? Wie wird er sterben, woran zugrunde gehen? Ersticken? Verhungern? Verfaulen? Über dem Steißbein hat er ein Loch, weiß die Hanna, da schaut man bis auf den Knochen. Es ist ja doch eine Erlösung für ihn, fällt mir ein. Eine Erlösung, wiederholt meine Mutter; aber wieso denn er, er ist doch noch so jung. Und immer anständig gewesen und fleißig. Und beliebt im Amt und überall. Wieso denn er, wenn die größten Verbrecher achtzig, neunzig, hundert Jahre alt werden? Und warum trifft es nicht mich? Sie läuft in der Küche hin und her, klagt, seufzt und deckt dabei den Tisch für unser Nachtmahl, das geht ihr automatisch von der Hand, sie weiß nicht, was sie tut, denn sie häuft soviel Wurst, Eier und Käse auf den Tisch, daß eine Familie davon satt würde, aber wir sind nur zu zweit und haben keinen Appetit. Dennoch animieren wir uns gegenseitig, etwas vom Käse, vom Salat zu nehmen, noch ein Brot zu versuchen. Wir beruhigen nur notdürftig unsere Mägen. In der Nacht höre ich meine Mutter ein ums andere Mal die Worte *Keine Hoffnung* vor sich hin hauchen. Auf mir liegt das Unfaßliche, das Ungeheure, das ich nun in unsere Gegenwart hereingeholt habe, wie eine Schuld. Ich hätte M. anrufen sollen. Hätte mich herausstehlen können aus dem Schatten des Todesengels auf einige Atemlängen.

16

Meine Mutter ist wieder früh auf den Beinen. Sie hat kaum geschlafen und seufzt ein ums andere Mal; nur so, wie sie sagt. Sie macht wieder Feuer im Herd, es knistert lustig, ich höre es und bleibe im Bett liegen, so früh bin ich nicht gewöhnt aufzustehen, und was soll ich schon auf den Beinen, wenn wir doch erst nachmittags zu Willi kommen sollen. Zwischen den Kissen und unter der weichen Bettdecke stelle ich mich tot. Meine Mutter, ich sehe sie von meinem Bett aus durch die offene Tür hantieren, deckt den Frühstückstisch, ich lasse mich von ihr verwöhnen, der Kaffee duftet schon; was wird sie morgen, wenn sie wieder allein ist, tun?

Wir hören die Weltnachrichten beim Frühstück. Da bleibt einem das Brot im Halse stecken. Überall auf der Welt verhungern, erfrieren Menschen, werden ermordet und gefoltert, und das sogar vor unserer Haustür. Das wird uns alles abends auch im Fernsehen gezeigt. Von Todgeweihten wird auch berichtet, von einem Skandal, da wurden Menschen mit AIDS-verseuchtem Blut angesteckt, sie haben das Todesurteil in der Tasche. Meine Mutter sagt: Das ist ja *auch* furchtbar.

Nachmittags sind wir alle um Willis Bett versammelt. Pia muß heute, weil Samstag ist, nicht in die Kanzlei, und auch meine Schwester ist gekommen. Pias Cousine Hanna, die nebenan wohnt, wird jeden Augenblick erwartet; so lange sie nicht da ist, ist Willi nicht ganz zufrieden. Er hat sich so an sie gewöhnt, denn sie ist ja die meiste Zeit um ihn und kennt als gelernte Krankenschwester auch die richtigen Handgriffe, wie mit einem Schwerkranken umzugehen ist. Mein Bruder verlangt seinen Kalender, hier macht er noch täglich Eintragungen über seinen Stuhlgang und die Körpertemperatur. Seit gestern hat er wieder Fieber. Hanna schlägt die Wärmegrade insgeheim herunter, damit er sich nicht beunruhigt, und führt für den Arzt ein eigenes Blatt. Willi hat seinen Zeigefinger erhoben, er bedeutet uns, daß er etwas hört. Er hört Schritte auf der Treppe, das muß die Hanna sein. Sie ist es. Sie kommt an sein Bett und streicht ihm über die Stirn. Dann schließt Willi die Augen. Er will heute nicht aufstehen. Nachts mußte er sich erbrechen. Das Wasser im Bauch und im linken Bein ist nicht abgegangen. Er atmet heute sehr laut, es rasselt aus seinem Brustkorb. Hanna bettet seinen Kopf höher. Wir sollen uns zwanglos unterhalten, wie gestern, das hat er gern. Vielleicht hört er uns zu, das wissen wir nicht genau, es ist jedenfalls nicht auszuschließen. Wir erzählen einander, wir wiederholen uns mit unseren Geschichten, es gibt nicht jeden Tag Neuigkeiten, die wir unsere Zensur passieren lassen können. Lizzi hat eine Stickerei mitgebracht. Sie stickt an einem Zierpolster in Kreuzstichtechnik. Wir lassen uns das Muster erklären, bewundern ihre Geschicklichkeit und blättern schließlich in Modejournalen. Das Fernsehen und das Radio bleiben ausgeschaltet, dafür interessiert sich Willi nicht mehr. Er hört manchmal Stimmen unter seinem Bett oder hinter der Wand. Das komme von dem vielen Morphium, das er wegen der Schmerzen erhalte, erfahre ich später durch das Telefon von Hanna. Es macht ihn schmerzfrei, aber nicht heiter, nur verwirrt. Weil er nachts furchtbar erbrechen mußte, es war auch Blut gekommen, will er heute nichts mehr essen und erst den Arzt fragen, erzählt uns Pia; sie habe in dieser Nacht kaum ein Auge zugetan. Das Bett mußte sie zweimal neu beziehen und auch Willi in frische Wäsche stecken. Sie hat ihre Finger unter dem Tisch so fest ineinanderverflochten, daß die Knöchel weiß hervortreten. Ihr Gesicht aber lächelt. Der Arzt wird schon Rat wissen. Wir suchen nach Erklärungen für die, wie wir laut sagen, vorübergehende Verschlechterung, die vielleicht von dem gestern genossenen Bier und vor allem von der Zigarette herrühren könne. Ich glaube ganz fest daran, als ich es sage und mit den Vermutungen der anderen übereinstimme und weiß gleichzeitig, daß wir uns selbst täuschen. Wir leiden alle an einem Schauspielersyndrom. Unsere Rollen ähneln einander immer mehr, wir sprechen fast schon mit einer Stimme, es fehlt nicht viel und wir sind wie ein Chor aus einer antiken Tragödie. Wir warten innerlich alle gespannt auf den Arzt. Willi spricht nicht mehr, er hat zu tun mit dem Luftholen. Zum Aufstehen ist er heute zu schwach, Hanna bringt ihm die Flasche. Wir bleiben im Zimmer und senken unsere Köpfe auf die Modejournale und die Handarbeiten.

Mit dem Arzt strömt für einen Augenblick eine Art Zuversicht ins Zimmer, als habe jemand ein Fenster in einem stickigen Zimmer aufgestoßen. Er begrüßt uns einzeln und tut erfreut, uns alle hier zu sehen. Er lobt den Zusammenhalt der Familie. Schließlich wendet er sich seinem Patienten zu, der ihn die ganze Zeit aus bangen Augen verfolgt. Der Arzt läßt sich von Pia die vergangene Nacht schildern. Er hört Willis Brustkorb ab und stellt fest, daß das Wasser im Bauch nun die Atmung beeinträchtigt. Im Krankenhaus könne Abhilfe geschaffen werden. Dazu gebe es ambulant nicht die Möglichkeit. In aller Eile wird nun ein Rettungsauto herbeigerufen, Willi, der leise protestieren möchte, wird rasch von der Notwendigkeit überzeugt. Der Wagen ist in wenigen Minuten zur Stelle, mein Bruder auf die Trage gehoben, zugedeckt und weggebracht, wir wollen uns nicht besonders von ihm verabschieden, denn er kommt ja wieder; in zwei Tagen, verspricht der Arzt, werde alles vorbei sein. Pia begleitet den Wagen, wir bleiben zurück und schauen eine Weile hilflos auf unsere Handarbeiten, die Modejournale und das leere Bett. Das Schauspiel ist zu Ende, die Requisiten sind lächerlich. Wir sitzen und seufzen und haben nicht den Mut, in Tränen auszubrechen, er wird ja wiederkommen, und Haltung wird wieder gefragt sein. Schließlich erinnern wir uns unserer häuslichen Arbeiten, die wir vernachlässigt hatten, wir werden ja jetzt nicht mehr gebraucht, und gehen auseinander.

Als ich mit meiner Mutter in die Wohnung zurückkehre, ist mir, als sei uns nun eine kleine Atempause gegönnt. Willi ist in den besten Händen, sagt meine Mutter auf dem Nachhauseweg, im Krankenhaus haben sie ja alle Geräte, da werden sie ihn schon wieder hinkriegen.

Später ruft uns Pia an, sie will die Nacht bei Willi verbringen, man hat ihr ein Notbett bereitgestellt, Willi hat Angst, allein zu bleiben, er hängt nun an allerlei Drähten, ist an Apparate angeschlossen, durch Schläuche erhält er Infusionen, Nährlösungen, die ihn wieder kräftigen sollen. Über diese Nachrichten beruhigen wir uns.

Am Morgen nach dem Frühstück steige ich ins Auto und fahre zurück. Meine Mutter wird mich telefonisch auf dem laufenden halten.

Ich erlaube mir keine Rast, nur einmal muß ich den Tank auffüllen. Mit dem Wetter habe ich Glück. Während meiner Fahrt bricht durch den Hochnebel die Sonne durch, der Bayerische Wald ist noch Grau in Grau, aber über dem Frankenwald wird es hell und von hier ab immer heller.

M. erwartet mich. Ich soll erzählen, alles will er wissen. Ich sage: Morgen, erzähl doch du, wie ist es dir ergangen, als ich nicht bei dir war. Und er berichtet von der Einladung zu einer Tagung in Kalifornien. Das weiche große gute eigne Bett. Ich bin so müde und schlafe ein, während er noch von unserer bevorstehenden Amerikareise redet.

Deutschsprachige Literatur in der edition suhrkamp: Prosa

Aebli, Kurt: Küss mich einmal ordentlich. Prosa. es 1618
- Mein Arkadien. Prosa. es 1885
Batberger, Reinhold: Drei Elephanten. es 1459
Becker, Jürgen: Ränder. es 351
- Umgebungen. es 722
Beyse, Jochen: Bar Dom. Erzählungen. es 1930
- Ultraviolett. Erzählung. es 1603
Bleisch, Norbert: Viertes Deutschland. Erzählung. es 1719
Böni, Franz: Alvier. Erzählungen. Mit einem Nachwort von Samuel Moser. es 1146
- Hospiz. Erzählung. es 1004
- Der Johanniterlauf. Fragment. es 1198
Braun, Volker: Berichte von Hinze und Kunze. es 1169
- Es genügt nicht die einfache Wahrheit. Notate. es 799
Brecht, Bertolt: Die Geschäfte des Herrn Julius Caesar. Romanfragment. es 332
- Prosa. Bd. 3. es 184
Buch, Hans Christoph: An alle! Reden, Essays und Briefe zur Lage der Nation. es 1935
- Die neue Weltordnung. Bosnien, Burundi, Haiti, Kuba, Liberia, Ruanda, Tschetschenien. es 1990
Cavelty, Gion Mathias: Quifezit oder Eine Reise im Geigenkoffer. es 2001
Dischereit, Esther: Joëmis Tisch. Eine jüdische Geschichte. es 1492
Döring, Bianca: Ein Flamingo, eine Wüste. Erzählung. es 1588
- Schnee und Niemand. Prosa. es 1779
Drawert, Kurt: Haus ohne Menschen. Zeitmitschriften. es 1831
- Spiegelland. Ein deutscher Monolog. es 1715
Enzensberger, Hans Magnus: Deutschland, Deutschland unter anderm. Äußerungen zur Politik. es 3313
- Der Weg ins Freie. Fünf Lebensläufe, überliefert von Hans Magnus Enzensberger. es 759
Erste Einsichten. Jüngste Prosa aus der Bundesrepublik. Herausgegeben von Christian Döring und Hajo Steinert. es 1592
Franzobel: Die Krautflut. Erzählung. Mit einem Nachwort von Thomas Eder. es 1987
Fritsch, Werner: Steinbruch. es 1554
Goetz, Rainald: Kronos. Berichte. es 1795

300/1/12.96

Deutschsprachige Literatur in der edition suhrkamp: Prosa

Grill, Evelyn: Wilma. Erzählung. es 1890
Gruenter, Undine: Epiphanien, abgeblendet. 56 Prosastücke. es 1870
Gstrein, Norbert: Anderntags. Erzählung. es 1625
– Einer. Erzählung. es 1483
Hänny, Reto: Ruch. Ein Bericht. es 1295
– Zürich, Anfang September. es 1079
Hensel, Kerstin: Im Schlauch. Erzählung. es 1815
Hesse, Hermann: Tractat vom Steppenwolf. Nachwort von Beda Allemann. es 84
Hettche, Thomas: Inkubation. es 1787
Jansen, Johannes: Heimat. Abgang. Mehr geht nicht. Ansätze. es 1932
– Reisswolf. Aufzeichnungen. es 1693
– Splittergraben. Aufzeichnungen II. es 1873
Johnson, Uwe: Ingrid Babendererde. Reifeprüfung 1953. Mit einem Nachwort von Siegfried Unseld. es 1817
– Jahrestage. Aus dem Leben der Gesine Cresspahl. Band 1. es 1822
– Jahrestage. Aus dem Leben der Gesine Cresspahl. Band 2. es 1823
– Jahrestage. Aus dem Leben der Gesine Cresspahl. Band 3. es 1824
– Jahrestage. Aus dem Leben der Gesine Cresspahl. Band 4. es 1825
– Mutmassungen über Jakob. Roman. es 1818
– Porträts und Erinnerungen. Herausgegeben von Eberhard Fahlke. es 1499
– Versuch, einen Vater zu finden. Marthas Ferien. Tonkassette mit Textheft. Mit einem editorischen Bericht von Norbert Mecklenburg. es 1416
Kirchhoff, Bodo: Body-Building. Erzählung, Schauspiel, Essay. es 1005
– Legenden um den eigenen Körper. Frankfurter Poetikvorlesungen. es 1944
Klix, Bettina: Sehen Sprechen Gehen. Prosa. es 1566
Kluge, Alexander: Gelegenheitsarbeit einer Sklavin. Zur realistischen Methode. es 733
– Schlachtbeschreibung. Roman. es 1193
Koeppen, Wolfgang: Morgenrot. es 1454
Krechel, Ursula: Mit dem Körper des Vaters spielen. Essays. es 1716
Küchler, Sabine: In meinem letzten Leben war ich die Callas. es 1799
Laederach, Jürg: Eccentric. Kommentare. es 1928
– Schattenmänner. Erzählungen. es 1929
– Vor Schrecken starr. Fixierungen, Stechblicke, Obsessionen. es 1503

300/2/12.96

Deutschsprachige Literatur in der edition suhrkamp: Prosa

Laederach, Jürg: Der zweite Sinn oder Unsentimentale Reise durch ein Feld Literatur. es 1455
Leutenegger, Gertrud: Das verlorene Monument. es 1315
Maeffert, Uwe: Bruchstellen. Eine Prozeßgeschichte. es 1387
Mattenklott, Gert: Blindgänger. Physiognomische Essays. es 1343
– Umschreibungen. Das Hier und Jetzt in den Künsten. es 1887
Mayröcker, Friederike: Magische Blätter. es 1202
– Magische Blätter II. es 1421
– Magische Blätter III. es 1646
– Magische Blätter IV. es 1954
Meinecke, Thomas: The Church of John F. Kennedy. Roman. es 1997
Middendorf, Klaus: Wer ist Patrick? Oder: Das Tagebuch. Roman. es 1701
Morshäuser, Bodo: Hauptsache Deutsch. es 1626
– Revolver. Vier Erzählungen. es 1465
– Warten auf den Führer. es 1879
Muschg, Adolf: Herr, was fehlt Euch? Zusprüche und Nachreden aus dem Sprechzimmer des heiligen Grals. es 1900
Ein Pronomen ist verhaftet worden. Die frühen Jahre in Rumänien - Texte der Aktionsgruppe Banat. Herausgegeben von Ernest Wichner. es 1671
Rabinovici, Doron: Papirnik. Stories. es 1889
Rakusa, Ilma: Steppe. Eine Erzählung. es 1634
Rosenlöcher, Thomas: Die verkauften Pflastersteine. Dresdener Tagebuch. es 1635
– Die Wiederentdeckung des Gehens beim Wandern. Harzreise. es 1685
Roth, Patrick: Die Wachsamen. Drei Monodramen. es 1614
Runge, Erika: Frauen. Versuche zur Emanzipation. es 3316
Schleef, Einar: Die Bande. Erzählungen. es 1127
Schöne Aussichten. Neue Prosa aus der DDR. Herausgegeben von Christian Döring und Hajo Steinert. es 1593
Split: Apfelsinen im Hals. Geschichten. es 1558
Stauch, Wolfgang: Eine schlechte Geschichte. es 1712
Struck, Karin: Kindheits Ende. Journal einer Krise. es 1123
– Klassenliebe. Roman. es 629
Thank You Good Night. Herausgegeben von Bodo Morshäuser. Alle Fotos: Michael Strauss. es 1227
Vogl, Walter: Hassler. Frequenzritte eines Straßenkehrers. es 1182

300/3/12.96

Deutschsprachige Literatur in der edition suhrkamp: Prosa

Von nun an. Neue deutsche Erzähler. Herausgegeben von Hans-Ulrich Müller-Schwefe. es 1003
Walser, Martin: Eiche und Angora. Eine deutsche Chronik. es 16
– Die Gallistl'sche Krankheit. Roman. es 689
– Geständnis auf Raten. es 1374
Weiss, Peter: Abschied von den Eltern. Erzählung. es 85
– Die Ästhetik des Widerstands. Roman. es 1501
– Fluchtpunkt. Roman. es 125
– Das Gespräch der drei Gehenden. es 3302
– Notizbücher 1960-1971. 2 Bde. es 1135
– Rekonvaleszenz. es 1710
– Der Schatten des Körpers des Kutschers. es 53
Sinclair (P. Weiss): Der Fremde. Erzählung. es 1007
Winkler, Josef: Die Verschleppung. Njetotschka Iljaschenko erzählt ihre russische Kindheit. es 1177

300/4/12.96